2014年7月—2015年7月

来自40位诗人的222首诗

# 瘦风集

小风诗铺 编

浙江工商大学出版社
ZHEJIANG GONGSHANG UNIVERSITY PRESS

图书在版编目（CIP）数据

瘦风集 / 小风诗铺编. — 杭州：浙江工商大学出
版社，2016.10
（湖畔文丛 / 鄢子和主编）
ISBN 978-7-5178-1839-7

Ⅰ. ①瘦… Ⅱ. ①小… Ⅲ. ①诗集－中国－当代
Ⅳ. ①I227

中国版本图书馆CIP数据核字(2016)第218505号

湖畔文丛 **瘦风集**
小风诗铺 编

| | |
|---|---|
| 出 品 人 | 鲍观明 |
| 责任编辑 | 何小玲 |
| 责任校对 | 刘 颖 |
| 封面设计 | 叶泽雯 |
| 责任印制 | 包建辉 |
| 出版发行 | 浙江工商大学出版社 |
| | （杭州市教工路198号　邮政编码310012） |
| | （E-mail: zjgsupress@163.com） |
| | （网址：http://www.zjgsupress.com） |
| | 电话：0571-88904980，88831806（传真） |
| 排 版 | 风晨雨夕工作室 |
| 印 刷 | 杭州五象印务有限公司 |
| 开 本 | 710 mm×1000 mm 1/16 |
| 印 张 | 20 |
| 字 数 | 258 千 |
| 版 印 次 | 2016 年 10 月第 1 版 2016 年 10 月第 1 次印刷 |
| 书 号 | ISBN 978-7-5178-1839-7 |
| 定 价 | 48.00 元 |

# "湖畔文丛" 絮语（代总序）

丛书主编 鄢子和

湖泊寻找湖泊
眼睛寻找眼睛
仓颉造字沟通解读
凿开生命的湖
文字破土长出树草
阳光照亮湿地
滋润湖与湖之间的山坡和森林
湖如镜子照出天空
映影岸上的行踪和风景
零度以上零度以下
都能积蓄我们的体温和心境

湖畔诗人潘漠华是导游

他行走双桂树下状元塘

游入西湖和北大未名湖

点燃生命献出自己

断桥不断孤山不孤

西子相伴半个世纪的叶一苇

难忘故乡生地草马湖

诗心造印温暖一个湖泊一个湖泊

千家驹一句真话

湖泊装不下就告诉海洋

河流抚爱每一片真实的陆地


一滴雨一眼泉一颗泪

都能砸开湖面的安静澄清

我们是一群聚集湖畔的孩子

自在的芦苇草地知了飞禽

是我们的姊妹兄弟

我们在树上用文字垒窝

呼朋引伴温暖自己

人失落时在湖的怀抱取暖

湖寂寞时扣上自己的手臂

一激动就把湖泊当成天空

放飞所有地平线的鸟群

# 初心的收获

## ——写给"小风诗铺"年度诗集《瘦风集》

### 老 庙

这是网络时代的奇迹。

一拨爱诗的 80 后、90 后、00 后通过微信公众平台创立了自己的原创诗歌聚集地。创立一周年来,在名为"小风诗铺"的自媒体平台刊发诗作 294 首,汇集五湖四海诗作者 52 人,有 18 人还成了诗铺运营团队的义工。创立一周年之际,"小风诗铺"通过网络众筹把这一年来所刊发的优秀诗歌汇编成册,于是就有了这本从网络降落地面的纸质诗集。

"小风"团队在众筹过程中亮出了自己的诗歌旗帜《给同样爱诗的你们》:

尘世杯盏交错

唱诗班的孩子睡意昏沉

初醒大梦

有人在塔顶歌吟

他们正用诗句

点亮繁星

来吧，和我们一起

做那个点亮繁星的孩子

苍茫尘世，不改初心


　　众筹很快成功，诗集很快面世。这说明在苍茫尘世能不改初心的不只是"小风诗铺"的年轻人。初心是什么？是胚芽，是清风，是山泉，是没有被雾霾药残侵染的原生态。初心像让人间珠宝黯然失色的清露，像唱诗班孩子清澈明亮的眼睛，孕育包裹的胚胎脆弱而坚韧，一接地气就可穿越污浊尘埃，点亮内心和天空的繁星。

　　"小风"团队陶醉、洛谌、李毅翔、沛宁、宇斯、北窗、严欢、臧微、雨行行等 52 位作者，我只浅层接触过陶醉一人。他们已是公职人员？还在校园读书？或自谋创业平台？所知一片茫然。陶醉的诗歌，我读过一些也刊发过一些，应该说，受朦胧诗意象的象征手法影响明显，注重语言浓缩和意象所指能指内涵空间的张力。当然，年轻人是可以变化很大的，特点和风格的形成总是在路上。我读了"小风诗铺"发来的 10 余首代表性诗歌，感觉他们不是像天使般远离俗尘，而是立足凡尘俗事抒写生命体的喜怒哀乐。抒情言志也是平常人接地气的人间语，但有一点是共同的，就是为存"诗心"热爱着孕育生长"初心"的胚胎和羊水，向往和礼赞真善美的一切。

　　中国新诗诞生发展百年了，离不开传承几千年的古典诗歌优秀传统和外来诗歌的打开融合。已故著名诗评家沈泽宜认为，结束"文革"的新时期诗歌有两次伟大跨越，一是以"今天派"为代表的朦胧诗，二是"生活流"诗歌。之后有"第三代"或"第三条道路"等种种界定和网络时代自立山头的自圆其说，评论已大大脱节于诗歌战国和江湖的风云变化。视野、情怀、担当是评判生命作为和文字文本的内质依据。《诗经》永远是中国诗歌的伟大源头，其305首"风雅颂"中，有朝廷征集的主流诗歌，但更多的是民间无名氏创作的直抵人心的优秀诗作。以婴儿般的初心认知世界，方知人间寒暖和民间疾苦；交出身心地吟唱，方能唱出生命血肉和清亮厚重的情感。金华诗人艾青眼含泪水深爱土地的歌唱，永远是交心作诗的不二法门。

陶醉们所陶醉的"初心"，也是一切有视野、情怀、担当者的初心，"小风诗铺"给了他们真善美的平台和起飞的翅膀，他们的诗歌当走得更远。

2016 年 3 月

# 目录

## 洛谌的诗（27首）

# 目录

# 目录

# 目录

# 陶醉的诗

## （41首）

### 001. 小 风

一只幼小的风，闯进湖里
四周柳条抽打，不敢出去
涟漪，是他徘徊的足迹

夜深了，他睡在蜻蜓的翅尖
收起庞大的羽翼
他梦见，风筝断了线
陪他高高地飞起

## 002. 一 月

日子仍在徘徊
夕阳是他的行李
再没有大雪封住道路
再没有人相思成疾

一匹老马独自归来
给我看鞍上的积尘
看北风的瘦
和遁逃的雁阵

马鞭是那样冷
只一甩就击碎了黄昏

夜晚的空气渗满了酒
远方寂静如星辰
残缺的月迫使我向前
追赶新年发令的钟声

我只把月光藏进袖口
悄悄交给下个遇见的人

陶醉的诗

灯光再亮

也照不到云端

不会停歇的飞鸟

拍打着无边的黑暗


它抖落的白羽

在云里结出冰花

北风一声呼啸

揭幕了盛大的飘洒


为每一片雪花

画上不会融化的根吧

让眷恋大地的她们

都不会在风中凋零

## 004. 三 月

花还在试妆
叶已迫不及待
柳还在画眉
燕已衔泥归来

草籽还记得
秋天许下的初衷
伸出一根手指
轻轻把土壤拨动

风拥着风筝
雨吻着雨伞
我倚着栏杆
就笑着看看

吹不尽是江南雨
遣不散是故人情

没了油纸伞
三月也只剩半个江南

005. 四　月

掬一捧清风止渴

弹几丝雨弦唱歌

杨柳披散着潦草的心事

落花重蹈着落花的覆辙

四月明媚到骨子里

夜晚也缺少郑重的寒意

月光搅扰着情绪

再没有一声纯粹的叹息

孩子吹一口气

蒲公英就纷飞别离

时光吹一口气

孩子们就各奔东西

## 006. 五 月

凫鸭游过
湖面的拉链敞开
清夏跃出
抖落着澍雨迷蒙

暮春老去
初夏继承了天空
纸鸢失宠
季风与画扇重逢

夜晚轻抚着少年
而少年闲愁万种

星星誊写着誓言
而誓言不知所终

## 007. 六 月

果实要远征秋风
花用一个春天相送

毕业的云无处就业
到此清洗苍穹

天气的谜面含糊
谜底在月亮手中

雪糕惊艳着夏虫
寓言被是非搬弄

天空是一片树叶
树叶是一片天空

睡莲在梅雨里撑船
引渡夏天的清梦

## 008. 七 月

晴空以炽焰为锋
老农以汗水为甲
持续了千年的攻防
在七月一触即发

云躲得一丝不苟
直到夕阳西下
落进老农的烟斗
抽出一片晚霞

蝉鸣是音浪的搏杀
席卷每一方耳际
生擒每一缕困乏

烈日是火红的奔马
踏碎所有的犹疑
只留完整的盛夏

009. 八　月

乱云困日
荒草围石
深绿的火焰长满山坡
风在沉吟孤儿的名字

一些云躲在池塘
成全鸭子飞翔的幻想
另一些云藏进眼里
抹去每一条径直的远方

我们还未及抬头
天空已降下一场惆怅
尔后等待的日子
比莲花梗还要悠长

我们像风中的种子
河里的卵石
被人遗忘在此
只能唱偏僻的诗

## 010. 九　月

我端坐如一块礁石
当暮风如海

残阳哭尽的时候
还有黑夜为我披衣

叶子读着生命里
最后一点绿色
酝酿一种　　决绝的语气

潭柘寺的钟声已远
秋风勾销了所有
不及解除的诺言

秋意驰骋的江湖里
盛满剧毒的时间

有凋零处　　就有果实
有炊烟处　　就有人家

那被西风牵着的瘦马
依然走在　　某一处天涯

陶醉的诗

总有些哀愁
就像
风学不会厮守
雨灌不满河流

总有些温柔
就像
云寻到了渡口
夜舒展了眉头

落叶归于土壤
稻子收进米仓
只有我心还摇曳着
待人收获的彷徨

## 012. 十一月

风把天空还给天空
月把寒意绣满大地

此刻大地是一盘
遍藏着伏笔的棋局

死亡是生命的倒影
死亡是生命的情敌

桂树不会轻易说冷
把花落得小心翼翼

新米开始不见天日
唯独高贵了酒坛的封泥
可总有谷子成不了熟饭
他们要继续远征,生生不息

013. **十二月**

风起之前
一样的寒夜
你在白纸上写尽秋天
等待初雪

两个少年对立
看守彼此身后的黑
而在风起之后的日子
又各自被黑夜紧追

踏上第一层霜
夜晚从此漫长
若能安然地走进冬天
世间便不再荒凉

树用长久的肃穆
来缅想萧索的凋离
或许这空空的等待
就是冬天的深意

## 014. 像一位孤独的诗人

像一位孤独的诗人
觉不出饥饿和寒冷
我的灵魂褶皱，不堪翻阅
我的骨骼坚硬，掷地有声

去寻一处浪掩不平的印记
去找一颗云遮不住的星辰
去嶙峋的险峰采摘带霜花的誓愿
去寂虚的空谷捡拾被遗忘的歌声

那一棵痼疾顽症
谁舍得斩尽除根
斑驳的刻印是风霜的履痕
散乱的枝叶是过往的晨昏

我只有单车上飘飞的衣角
没有马背上勒紧的缰绳
我只有几首零落的拙作
没有一世诗意的人生

陶醉的诗

泪烛两段
若暖亦寒
残茶半盏
似苦还酸

日升月落
形只影单
星移斗转
风月无关

灯火阑珊
无人顾盼
春江柳岸
枉自悲欢

星辰其远
不敢高攀
人生其短
不便纠缠

016. **舍　得**

我放走一只灰雁
去追逐风带走的流年
它却衔回了一片
无法言说的明天

我没有那种豁达的天分
为红叶写下春天的谎言
我不会向太阳伸出双手
去乞求一丝犹疑的光线

我只会看着生活的侧脸
看它和梦想拉扯着时间
再把善良借给信念，把回忆还给从前
再把故事掷下深渊，把期许架上弓弦

陶醉的诗

你的素缟裙摆拂过栏杆
青丝拂开浓厚的夜晚
苍白的唇齿诉说夭殇的故事
无光的眸子像是积灰的月盘

百鬼疾行
而你移步款款
无人祭祀的你
是孤独的盂兰

让我为你点盏河灯吧
也给我朽败的魂灵
捎一点温暖

## 018. 少 时

薄纸叠成的飞机
飞不过山高水长
孩子手里的风筝
牵不住地老天荒

鸽子飞进黄昏
带走童话的剧本
回忆溶成脂粉
抹饰无辜的青春

风驱赶着云
漂泊是她的宿命
而时光褪淡了她的身影
像朝阳吹灭了启明星

019. **蓝　调**

我总是敷衍得太过认真
而虚伪得不够真诚
总想要听懂风的旋律
想去解读流水的波纹

然而七夕从不见鹊桥相会
清明也未必雨纷纷
谎话织就的世界
流言滚沸的红尘

归鸟在寒枝复习落日的余温
飞机在天际留下惨白的伤痕
天空是坚强的
它会用漫天的淡蓝
忘却所有的发生

## 020. 画　梦

当荒漠的天空缀满云朵
云朵下飘起漫天的枫叶
我骑着没有鞍鞯的骆驼
与一群蚂蚁擦肩而过

当大海的波浪浮起石块
石块上萌发铁色的幼芽
我乘着没有舵盘的帆船
打捞水面倒映的星座

当一片未央花忍住春日的暖阳
躲在知更鸟的尾羽下不愿融化
当一朵凌霄花躲过秋风的排查
守住墙后的小花园不肯凋落
我站在一棵树下
一无所有,却不害怕

021. 风　说

风说我卷着时光
时光会将你埋葬
风说其实真实
就是最美的幻想

风说每个人的怀里
都有我的温度
风说每个人的夜里
都有我的孤独

风说我穿过溪谷穿过山峦
但它们都与我无关
风说我吹过流言吹过背叛
却猜不透聚散悲欢

风说看不到星月的夜里
我也会有点失落
风说清明的泪流得太多
容易把岁月蹉跎

## 022. 雷 雨

电光闪起
一朵云和另一朵云，决裂

被遗弃的往事
散成雨幕
撒向无辜的人群

天空看过，就忘了
只有大地记得

诗人在檐下
收集了些许
讲给离人听

陶醉的诗

涣散的炊烟

望了最后一眼

山间的迟暮


流浪的微云

不知如何排遣

新月的孤独


是谁在夜空跳舞

项链断了线

撒满深蓝的天湖


洗过的星斗愈发清亮

映进孩子的眼里

映进一颗草缘的露珠


老人一声叹息

暮光就暗了下去

只有孩子没有心事

就把星星藏在心里

## 024. 即 便

即便有雨
把时光打得千疮百孔
即便有风
把回忆吹得骨瘦如柴

即便秋草荒芜
不似春天的许诺
绿遍天涯
即便冬雪飘舞
不是夏天的蒲公英
终于归家

我依旧相信月亮
相信雷声
相信每一下锄头
激起的微尘

耕种善良的诗人
即便颗粒无收
也会举酒感恩
即便眼底有泪
也会笑对每一个
擦肩的陌生人

## 025. 不 走

树木干枯的手指伸向天空
却没人把它握紧
黑猫狭长的瞳孔凝视胡同
却只有黑暗回应

我要擂响那无形大鼓
尽我全身之力
荡开这烦恶的寂寥
浮出沉郁海底

天空无人陪伴
却执着地笼住每一座远山
大海总有波澜
却细心地抚平每一处海岸

我还要带你的双眼
去看来年的花开
请不要走着走着
就莫名地流下泪来

## 026. 等 秋

天空
没有孤独的血统
云重
忍住悲泣的苦衷

风匆匆
带走褪下的懵懂
月溶溶
缝补撕开的裂缝

南国秋意未浓
霜雪按兵不动
渔火在等夜半钟
马车在等枫叶红

缓刑打发着隐痛
寂寞消遣着从容
直到荒草漫过田垄
等过霜降，就是立冬

陶醉的诗

027. 旧事

你的行囊容不下飘舞的樱花
匆匆登上去往城市的车马

小树上的夜莺已经哭哑
再无人讲述星空下的童话

仓皇逃生的壁虎
抛弃落难的尾巴

回忆锈成了发卡
拢住凋敝的年华

## 028. 倾 夜

夜半
不是苦候的良机
我射响一支哨箭
惊跑聚拢的回忆

黑猫
夜的女婿
我猜拳的宿敌
出招之前眼神锋利

冷峻的孤寂
和癫狂的欣喜
傲慢看不懂选择题
偏见背不出圆周率

我变卖武器
采购了度日的柴米
我倒空躯体
等待着灵魂的归期

## 029. 春日小令

江南马快

陌上花开

任游缰

十里春风探遍

无人来


隔窗绣月

破镜分钗

凭东风

一朵洁花摇落

伴尘埃

## 030. 沉　沉

路灯势孤
据守方圆七步
七步之外
都是黑夜的疆土

夜色陈旧
蛙声四起
我走出灯下
不与黑暗为敌

抬头，单眉钩月
似难解的笑颜
低头，浮花泗水
却游不过时间

031. ## 落在遥远

这条街上的人们
为了擦肩而过
故意地走来走去
苹果落在遥远的地方
秋天无处躲藏

每一条路都变得坎坷
有人从屏幕里抬头
怀念起写信的日子
诗句落在遥远的地方
秋天无处躲藏

被子依然肥沃
枕头越来越贫瘠
脑袋里的种子都枯死
梦想落在遥远的地方
秋天无处躲藏

## 032. 末雪

下雪之前
冬天在天上
云还飘着
影子却落下来

下雪之后
冬天在地上
云落下来
影子却还飘着

此时寂静得如一场大雾
往事在远处哽咽
指认一处废墟

梦里我摇晃着那棵樱树
你的梦中
可曾下起花雨

时至今日
夜色愈发陈旧
陈旧得如此素净

青草从黎明出发
没有蓄意的迷途
只有失散的风景

## 033. 看 雪

风雪在四下追逐
只有你站立不动

逐渐染白的长发
飘向昨夜的梦
飘向孩子们嬉戏的花园

你离世界太近了
于是谁也看不清对方

漫天细小的晶体
我分辨不出哪一片
曾折射你的面容

雪人还抿着嘴笑
围巾被吹落了
它穷得只剩洁白

034. **妄语**

阳光赤着脚
在马路上跳跃
小心翼翼地
拾走善良的雪

你是否还记得
十六岁的拂晓
是什么颜色

我只想撕毁所有诗稿
去找箱底的糖纸
还有糖纸一样
薄薄的儿歌

我希望还有愿望可以许
我希望还有拥有的可以失去
我希望还有什么东西
在我怀里
在我胸膛里
不舍得离去

## 035. 春 老

一声声闷雷
敲打进春天的
是不可逆流的成长

老去的花朵瞪着眼眶
内心荒凉

我望向湖面
看见了风碎的模样

奔流的岁月里
没有人能记起
每一个离散的春天

036. 半

穿过季节的一首歌

音符零零落落

恍然间

笛子与风一同哑场

你欲言又止

没把春天说破

不打紧

烟雨已漫过东窗

那个男孩仍站在路口

把一柄伞，握成

落满乌鸦的稻草人

我在岁月之书涂写的时候

并不奢求，一支笔的名分

四月是播种的时节

不该悲伤

何必悲伤

每一把遗落的钥匙

都会长成，精美的姑娘

037. 敢

你是山风采来的春茶
飘进我斟好的一盏黑夜
然后蹄声扰动月光
香樟树遗落了只言片语

交出你疲倦的马鞭吧
趁我还记得
如何写出缄默的诗句
趁着寓言还未到终章

让我送你蓬松的落日吧
还有爽冽的弯月,清甜的星子
再让你用粗糙的米
结纳我不羁的胃

或者我终于放弃陈述
一些鸟意外地凝固空中
蓖麻还沿着河岸生长
我的眼里是吹熄的火光

038. 凌

阴阳浩荡,松柏的火种传开

啸聚起千里绿林

在果实降生之前

雏鸟在草庐里寻章摘句

一只雨中的鹿,身世清白

柔软的耳朵颤动薄暮

呦呦的悲戚响遏行云

整晚,你我畅叙人世的因果

直到露水把一切拆穿

恰好醒转的蟾蜍,一张嘴

就吞下多年的狼烟

山脊绵长,犹如狐疑未曾间断

我起身走向云端

去捉拿自己归案

而你仍坐在琴声里

收服流水,割让青山

然后拜谒嶙峋的老峰

闲问:

烟云欲往何处拂尘?

039. **都市黄昏**

私人飞机好玩么
我小时候有很多
现在找不到
合适的纸张了

他们身后是谁
牵着绳索一脸疼爱

你乘着电梯下楼
像大厦流下的一滴泪
混入满街的泪海
分辨不出独特的悲伤

街头的歌者唱得安详
唱得其他人都像在流浪

040. **际 会**

云生于天地间
不为一棵草而落雨

它害怕雨点
像蚂蚁害怕路的尽头

早先,我以一壶清酒
换过你二两山梅

乌鸦说谎成性
而白蛇生性凉薄

我的马儿觊觎你的琥珀
里面凝着青草的春天

暴风之中没有细雨
浮生磨尽之前
树上结满赤子之心

并没有一把弓箭
可以射落这些

### 041. 这条路去往哪里

这条路去往哪里
暮色已笼住肩头
那被夕阳绕过的山谷
生苔的岩石一脸漠然

荒草掩住一堆余烬
掩住一堆篝火的过往
它曾用尽平生的温暖
为谁拂去了衣上的风霜

路的转角逗留着什么
是你不经意遗落的背影
而那炭火书写的控诉
已在寒夜如烟散尽

在季风里迷失的孩子啊
还有什么故事存活至今呢
樱花与白桦编织的陷阱
埋葬了多少单薄的爱情

这条路去往哪里
黑夜已抵住背脊
就像秋风森森地催促
落叶上的借口越来越潦草

月光骤冷的那一晚
所有星辰失去了姓名
全世界的清水都涌进枯井
转瞬消失不见

当太阳如约升起
云朵也忍住悲伤
只有风吹得毫无章法
在弄堂里走漏哭泣的声音

你的眼眸就是风吧
春夏秋冬有不同的色彩
尘沙早已落下
仅剩记忆还高高飘扬

这条路去往哪里
时光已贸然离去
直到枯井涌出阴冷的酒
像一口深杯却无法端起

要如何一饮而尽呢
那黑夜里的眼眸
和眼眸里的黑夜
不只恩仇这样简单

年轻的血管里流动着苍老
播种的童话都不曾发芽
脚印还积洼着月光
而河水正要涨起

不必再追问风的方向
孤雁已寻到南方
终于我们都无须多语
秋草已阅尽夕阳

# 洛谌的诗

（27首）

042. **就像一只鸟儿马上要飞起**

细雨还未声张

肩上徘徊的雪未融化,海水还未涨潮

果壳里的种子还未生长,太阳像箭矢坠落

月色长满未开放的山茶花

你突然扬起的面庞里藏着一束明亮的香气,黑发纷纷避开

就像一只鸟儿马上要飞起

043. 她·一

她像陌生人，我不认识她

随口说不爱我的不止她一个

她像冷静的高跟鞋

不踩我一下我不会停下来

她像被谁轻轻扯了一下的袖子，余香犹在

她像我终于拥抱的那个人

她像一段白藕，出身干净

采一水碧青的荷叶插在她发髻上

三千青丝便旖旎而来

而荷花是睡着了的朱砂痣，想着杨万里

吃吃地笑起来，食指点着嘴唇

她像出离尘世的湖光山色

她像抽了半截的女士烟

搁在床上，钻进暖暖的被窝

她像熄灭的火，或者熄灭的夜

她像水可以熄灭我

灰烬里露出一截白皙的脚踝

上面叮叮当当挂着月亮

她像紧紧嵌入身体的子弹

她像毒药，亲手调制好了喂我

她像紧紧嵌入身体发不出声挣扎不透的修罗刀

这血液像蔷薇，涂满伤口

她像度数怎么也低不下来的强烈酒精

她像那一声呻吟

044.　她·二

她像一股淡紫的雾气

她像一只警觉的鸟,离我越来越近

她像豹子,野蛮穿梭

一口咬断我喉咙绵延至今的痛感

她像一排安稳无声的白帆船

看我蹚着大洋去寻她

经历风暴与绯红的鱼群

沸腾的六月

她像一枚红印

像一声将歇未歇的软语

像

一笔我温柔擦过却留在手心的油墨

我蹭蹭便涌出大片的晴空

再蹭一下,却扑棱扑棱生出好几朵花

大眼睛真美

我甚至不敢看她

她像千年前的巫女

她像雪

她像你

045. 关于小公主的武汉回忆·一

长江水把你的双手洗得很白

再给你仔细涂了红指甲，像水上

猛然浮出的一抹水袖

汽笛的烟雾流散

与渔船无关，金属的铜锈剥落——

那片江面红得异常平静

白鳍豚游来游去

蹭你的脚踝，细细的银环把水

慢慢荡开

江滩上，许多风筝被沙子放得很高

汽笛声把人群挨个抛起，五颜六色的

可被你一指就温柔地蜷缩起来

你的黑发冻住的是时间的魂魄

046. 海蓝化石

你的离去让拒绝更充满

沉没的味道

令行禁止,这片海域浮起夕阳

鲜艳的果子装满

远行的大船

绕过白鲨鱼的玩具小岛,椰子树

还有危险的绿珊瑚

用奇异的章鱼墨水

匆匆染出几年相处的潦草

相识,约会,离别的愁容

这些都被藏在一次未来临的坏天气

狠狠摔落的闪电中

烧焦的海雾,几丛布满藏青的云朵

园艺精湛而诡秘

装在信封里的红辣椒

用眼泪沏了一杯时光爱喝的茶

镜子般的鱼群

一个忧伤的词语就会全部鲸吞

洛
退
的
诗

浪花沉没如飘扬的旗子

包裹爱情以及我

慢慢垂下的，挥舞的手

偶尔在细沙中发亮的

海蓝化石

它知道你要走的消息已经多久

却吝啬地藏起早行的嗓音

鹦鹉螺酝酿多年的歌喉

寥寥几笔就描出

大海，红日，天际

水獭扒着降落的漂木怎么也

睡不着觉，大眼睛的云欲言又止

像在口述一个远去的

童话故事，潮湿的海风猎猎

化石不会复活，帆船早已扬帆

昨日未说完的话，早已被无数次拒绝

你带走的，除了生活，没有其他

047. **何人斯** (致敬张枣《何人斯》)

究竟那是什么人？夜已深了

秋露还未吐出

霜天便洒满江河

这里的一扇门

铜环轻落，梅子在其中和声

柔软地，轻悄地许诺

你为何进来的时候不抬头

怕看见碎了的镜，还是哭着的我？

这里的一间旧屋子

结网的青苔一直瞥着你

你在旧衣服上老得

比我要慢一些，我沉沉暮暮

你还在豆蔻伸出的岸边等我

等我披着星星来看你

带着烛火、芭蕉和铜剪子的热
我们供奉着同一片天空
夏天大水，面庞贴着胸膛
在我手心里游弋的
兴许是你眉间流淌的那一个
你在城里流落
未必会想起南山上的马匹
山顶的石台躺着瘦了的我
你下到山腰祈雨
看到潮湿的鸟儿翅膀一折
滑入桑青的野果
让你清洁的牙齿也尝一口，甜甜的
究竟那是什么人？
胎记和我一样，马儿都被他牵走
细溜的鸟鸣都被一手抓破
我醒了，除了大雾却看不见任何
你和他，山底
一柄伞打住两个人的厮磨
也许我从没有来过
前世蝴蝶生的双翼挥舞至今
也许我就不应该来过
想起，一个人的寒冷，生锈的铁锅
你来找我的光景约等于
日落时，云彩还未吻住炊烟的时候
你来的目的是什么？
说出的话越来越稀疏，一指

远处的梦把酒斟好

我在长风中醉满了楼阁

八月所有花都落了，你来找我

你这朵花儿哪也逃不脱

你在哪入梦，我就在哪守护着

你若告诉我，你想要的爱是什么

我就会告诉你

你将怎样陷入温柔的泥泽

你若告诉我，如何熄灭冰冻的大火

我就会告诉你，你是对还是错

048. **妈妈**

我在火车上
谁也不想
我只想离别时妈妈的面孔
躲在门后面,不敢看我
只让我注意安全,注意身体
我躲在自己的座位里
窗外一片漆黑,火车疾驰
我离你越远越不知所措
我离你远了二十一年
自你的腹中,哇哇大哭
直到离别时生硬的回答
妈妈,我想你
想你独自守着家,父亲偶尔回来
这些日子,没有人陪伴的日子
只有险恶时间悄无声息侵蚀你的
日子,我不在你身旁
你害怕吗妈妈
害怕了就找我
就像我小的时候一旦害怕了
就哭着喊:妈妈,妈妈

## 049. 她将被更冷的水燃烧

今天的雨不大

一阵郁郁寡欢的鸟鸣

升起自禁欲的秋

把走了很久的路标一面一面

拽回来

插进缠绵半年的焦虑

我倚着门抽烟

我和她交换去年疼痛的凉意

用镜子

张口数忘掉的女人

寥寥几句寒暄，我伸手摸到唇

你的身体开始喧哗

我记得迷路的羊群

像记得那棵一直驻足皱眉的树

什么东西掉在旷野

它的嘴合不拢，长出

被忘掉的花，紧紧挨在一起

白皙的脚趾蜷缩

激动得说不出一个意象

偶尔几声呻吟也被我冷静地咽下

时间在你高潮的日子里

爬上台阶

而衰老如将至的洪灾

那些诱人的红如睡去的黑雀

钉在白浪上

发愁，暮色缓缓失焦

今天过后的事情都不要紧

所谓荒漠，海洋，天空一转眼就忘了

我的一生如漂木，飞雪，大火

我一生更不要紧

## 050. 自 拍

鸟飞过大雾

不远的岩石冷哼一声

一群鸟飞过变凉的大雾

自愿绑于我的手臂

与割腕未遂的伤疤共用

一行诗

这伤疤像掰碎的红珊瑚

早些时候

一丛丛山茶花争相逃离嘴唇

害怕被再次咽下去

掉漆的长木凳上躺着一个男人

黑发在数着他的寿命

数完一年脱掉一件衣服

都数完我们光着身子干了这杯酒

红晕哗的一声涌上来

更早些时候

喉咙里的烟味呛人

一颗子弹瞄准了不远的黑夜

一个人挡在胸前

一个人挡在

身后，倒提着刀

未点燃的烟草里有山鬼

黑压压，还未扣动扳机的手中

一丛山茶花湿漉漉地绽放

一个男人带着他的相机四处前行

身后的黄狗叼着胶片

他拍人，拍躺在长木凳上的自己

也拍手腕上凋零的羽毛

他拍濒死的黑夜，也拍

把枪扔向大雾的自己

拍完时候不早了，他脱掉衣服

数自己的头发，数自己的寿命

## 051. 断　电

今天的行程不短不长
我拿橘子收拢了下起伏的胃
用木梳嗅了嗅门外的温度，用盐
擦了擦肚脐向上三寸处的烧伤
捞起铁栏杆外马上要跌倒的
水竹，它在天台看了一会就吐了
可它还是挣扎起来看下去
像看到苦丁色台风吸它的五官
楼梯那只打长途的蛾子还没生产
拼命吸吮落下来的灯光
我挪过去把吊灯攥在手里
我的日子雨水丰沛，谷物生长
摄像头长在楼道的七寸上
蜿蜿蜒蜒，蛇的信子在分泌唾液

洛谟的诗

一楼亮灯的监察室里阿姨在打瞌睡
头一啄一啄，血液慢慢滴下来，蛇的信子在感应
通往盥洗室的隘口有守卫交谈，更多守卫在
燃烧，我一身夜行短打，钢刀咬在舌尖
今晚一定要摸掉暗哨
一股浓烈的烟味在厕所吃着夜宵
其他七个床位断断续续空着
我爬上梯子，越爬越累，一个对视的
时间里就被消耗掉一颗智齿
我的腿陷入温暖的挣扎发不出声音
午夜在我的肺叶中肆虐
我面前的灯光羸弱，无以为继
尸体凉透了，就暗下去
暗下去，巨大的孤独开始沸腾起来

## 052. 半 妆

我想着七月的你

点漆眸

悄悄折起，机锋暗藏

远山冲淡而

轻巧，飞鸟新鲜

水的灰烬闪烁跳跃

冬天水的灰烬了无情意

你的唇是细细的

锁，七情六欲

吃了一口就被吻住的

梨子

你的背包纤细无畴

你的被舔去的白皙的泪水涟涟

白皙如白马脱缰而你

倏忽而至

洛退的诗

宫阙环娥，流廊画锁，挨个

梳洗打扮，描你的眉

顺着大水游玩的

玉簪金雀，摔不碎的和田

统统流进你的皓腕

那些垂下的黑发撩人

低头便是

鲜脆的雨后明前

词语在你口中被

轻轻酝酿

懒懒散散，走不动路子

这空气潮湿温润

稠密多情

而你腰身如尺

丈不透一匹红桃白练

你这辈子所有烟视媚行的岁月

## 053. 默 舞

默，你蓦然入神

待日暮摘去你的耳环

褪下你的颜色

默，零落的话你

说不出口

脚跟轻旋，让提琴自己唱吧

午夜，裙裾安静地铺了整个大厅

天鹅低了头

你也低了头，秋瞳

偷了夜的袍子在跳舞

它知道你在偷看

喝光了宫殿所有烈酒

听我捧来的，你爱的空旷的曲子

知道外面的歌声终归只能在外面

默，你黯然伤神

一把漫长的椅子拉你躺下

与你酌酒，手风琴使劲沉默着

红舞鞋扔在世上

怎么正合你的倦容？

风信子抽出一把漫长的剑

漫长到这个人

忘了如何写信与调情

默，国王生了多少王子和公主？

围着火把叽叽喳喳地燃烧

阖上眼睛，不要去看那些

刺眼的剧院

礼赞的熔炉

默，你的眼底鲜血浸湿了舞鞋

## 054. 苏子问禅

寺门开了许久
山头
潮红了许久
一排罗汉
铜着脸怒了许久
久到倦鸟于
南方所欺,气候揶揄
久到日子都慌了

晚斋,稻米像长出的
一声饱嗝,不绝于口
莫慌,大火已熟
但也要等些时候
等:斋饭之等
所谓心之等
口中诗词抑或
吐沫之等

是否绝非饿鸟饿虎之等
等人上山采药，一口而空？

渐晚，躺在木匣里的卷
金刚经，瞪如牛眼
喊道，苏子来禅！
问曰：为何大江越过月色，浩荡于东？
为何
一蓑烟雨，遇见松子与酒便不可自持
终于直贯白虹？

可笑
问这些不如填饱肚子
柳下的棋盘倒了
黑白撒了一地
你道善恶鱼杂
我道均为白米

## 055. 阳 春

春天是我前世度过的
一尾墨玉白狐,狐耳新鲜,柔顺无匹
趴伏的青山未染
俗尘往事,通了禅意
几把拂尘嗅着花粉
一路烧了下去,湖水哗哗地笑起来

春天是我
打捞的日光与桃枝
傍晚跟随的飞奔的女子
着了粉黛的巷子
青鸟与春山
这是我最后忘记的鲜红的半月

九朵玫瑰可以拯救黎明
九万里长河涌入雾中,不见踪迹
九声枪响
萼下流淌的晨曦次第爆炸——

我听见花哭的呜咽
这香气溅了凡尘的喧嚣

春天,偏好旧疾复发
易感风寒,疼痛而又惊骇的失恋
去年三月,走路
随手拾来便是花的芳名
柳下十里长短亭,至今
走出一首偶尔过敏的七绝

我很久地坐在廊边,很久地
我会看书写诗,会
看出几个淡眉樱唇的古代侍女
写出几缕认真的声响
这声响巨大如橡
如聚如光,这声响残酷如春意

056. **南柯梦**

我睡了而你还醒着

淡妆远未卸去

青裳,便捧了满楼的月色

素手摇落的是

红烛萧索

悄然折断的蔷薇——

像把一盏相思突然关掉

在我的梦里

远方是铁锈构成的胎记

天霁,花的心事早已明了

我来过,即为遗失之行

你沉睡的梨木即为湖泊

我来过,会的是桃木郎君

未曾梦到的伊人

你斑驳的泪痕聚散如曲

在琴声缄默之时

落榜的游子瘦成一缕叹息

乌篷,乌篷船揽过十二匹白马

你想起睡觉的事情来

天际微云布雨为生

我不敢妄言死去,可夕阳熄灭

你婉转的歌声旦夕覆灭

在极遥远处

作为梦醒来最好

但我从未睡去

你梳洗时飞落的青丝

毕竟知道有人从未离开

也从未被想起

## 057. 在一条船上静栖

我身下的木船在品尝鱼肉
再往下是流水的笔与
纸张,荆棘外露而不显天气
我的一对黑色瞳孔
像一对黑色的竖琴

琴音不响
澄光不起
在船上睡觉就要习惯季风
上游流过的水墨
需用白皙的手指来收集
上游又在信马由缰
随意浪费那个赤裸的男人
他的妻子长发缠身——
漆黑梧桐中斑驳的玉
宛如水中央
只是水中央的白芷

他们合力拿枪打下落日的余烬

两岸，山茶花开

山鬼且嗅且行

两岸月潜其中而收敛性情

小舟夹于万重山脉，青青如许

镜子托起莲花

哦

原是河面冒出水花，我伸手摘掉

长在夜风下的皮毛

追风，这支起伏的瞳孔之船

搬入象牙筷子

一口一口，浸入睡眠

我起身喝下整条黎明

## 058. 风暴

用活着去活着,用漂流去代替静

怀揣死亡,用甜去修辞风尘仆仆

我是下一只分娩的鹿

我是你降生的悼词

我是风暴

我是将要变身为我的那个人

一艘船更新了船桅

是否还为栖息之地?

终日乾乾,风暴归纳自身

我在这变化多端

如坏了的橙子

把每条航道都试探过

如,我在此刻经历今后所有

我有太多层峦叠嶂的时间

"吾未见者,仅存鸿蒙"

轻快地与自己对话,不管

天气是否清净

语气是否清新

均可说出这次风暴的生死

我来,我乘坐

我到达,我困于此

我睡在风暴之眼

我的梦境直击你的梦境

我握住的绳索套在哪里?

我窥视,亦一叶障目

我碎裂,亦完整无缺

我来,我到达

我的钥匙含于你未明之口

我走不了,也不想离开

我坐下,只是为了等下一次风暴

我沉降自身的韶华

我席卷自己好多次

我为自己梳洗,清清白白

我坍缩,而你早就明了

逃

而时间围城。

我独身一人,了无牵挂

我倾倒的,恰好是离去的我

我跻身众多的落日;

我选择的,恰好是起风时节

等下一次风暴碧蓝如洗,岸芷汀兰

## 059. 海 别

海底是我丢失的听觉

还有断了好久的

寒冷礁石。出发前

太阳在抽烟，汽笛声卷过热气

我面对着你说话

眼睛一直看着你

你笑着在听或者又说了什么

交谈持续了几个梅子落下的季节

催促你走的是暗下的天空

月亮瓶子把星星都倒出来

一个个地拽着你的衣角

那艘船渐行渐远

最后

猎猎的海风代替我在听

海浪扬起许多海鸥，像撒出的雪

你的生活轻松，泛舟海上，忧伤宁静

## 060. 步行去南方

遇见你之前

我所有词汇都已生锈

口不能言

迟钝得像被忘掉的大雪

现在雪停在鼓声空旷之前

而鼓声流浪如砸落的月

我看见飞鸟猛地掠过一束花丛

我越过几千里

步行去南方

## 061. 生闷气的月亮姑娘

夜莺

蕨类植物的数枚心思

叫醒晨雾的是

一溜鸟鸣，音域新鲜

调皮得不肯飞下来

随后在小湖边喝水时猛地照亮

月的黑色长发

把今天的流星弄散好几绺——

她匆匆拿银河盘起

心里疼得像丢失的蛋被

陌生人养育

飞走的时候，一眼都不看她

## 062. 复仇

他能摸到自己眼中的

微光

像两块藏着太阳的玉

迷雾和闪电

从皮肤上剥下

他在湖里号叫像条蜕皮的蟒蛇

花海满溢出来


他在湖底青灯礼佛

并随手将苍穹一次又一次地撕开

063. 忆秦娥

擎荒野,

千关望破长安月。

长安月,

征卒魂断,

白骨碟碟。

干云大漠哭声咽,

汉皇飞马胡人绝。

胡人绝,

沉弓裂日,

狼烟如雪。

064. 石榴马

你胸前要含着朵
石榴花,刀锋睡在里面
不要怕太阳的热
不要怕尘世的喧嚣
待你于清晨归来,轻挽
霞光与幽雪

要以聪明的色彩接近那匹马
徐缓地,紧密地
不要散开你悠长的声响
你胸前要谢了淡蓝的石榴花
最好使香气归了尘土——
不要怕那些将死之人

不要怕花被烧得神志不清
不要怕银色的月火
不要把这些归咎于过去
譬如,朝行之人的路途中
你见了马,马跑开了
丢了一地新鲜的马蹄莲

065. 一个人在冰岛喝酒

酒吧里

这杯长岛冰茶一口未动

伞立在角落独自

下雨，街道上一辆马车

收拾了客人的余温

椅子空着，有个人刚刚离开

酣睡的酒保手中

一口香烟缓慢燃烧

把日子推进过去

082

066. 雪　寺

奈良的钟醒了

僧人落座，闭目念着

雪雪雪雪

雪来无声息

青石桥上马蹄已沏了四杯寒意之茶

伸手便看见院子

月的马匹在缓慢咀嚼

夜

人在赶路

鸡鸣也在赶路

低着头

斗笠在落佛地咳嗽

直到空气泛白

赶路

西方晦暗如你

落了炊烟

从日出走到云出

木屐落遍了水中央

僧衣也跟着落了

晨雾袭来

顶着数所寺院的灯火

### 067. 与往事干杯

与往事干杯
每一口都是场倾盆大雨

窗外狂风渐起
而我在等着
等这些碎裂的暮色
爬满我的余生

068. **流　连**

河上一扇朱漆的门

在睫毛下打开，又

悄悄合起

一截象牙，谁会想到里面抱着一只菱角


你的耳轮是被雷声打裂的

白瓷

你的眉心涌出晨曦的白马

一只苍鹿

从遥远的红莲走向你

与你云游四海，终老南山

臧微的诗
（20首）

069. 明日之后

明日之后
你的手和我的手都将一无所有
像春回大地般忘了哀愁
你的去和我的留看似那么荒谬
像预言般时光辗转邂逅
你将仁慈看透毫无保留
忘了零度天气一起颤抖
明日之后
我的天和我的地交换一个表情
像一个欢畅的惊醒的梦
我的眉和我的眼也从未曾离分
像相濡以沫的完美恋人
太多的浮光掠影太难忍
结局无非多情总是多情

070. 冬天的海和一条漏网之鱼

当雪花落去大海

回忆浮出水面

鱼群冻结

斑驳如一闪而过的脸

海是另一半灰色的天

酝酿出晦涩的语言

成全不美的预言

这个冬天

没有暴风雪

只有敏锐的触觉

揉碎了诗篇

## 071. 影子

影子暗暗地说

他跟随我太累了

在泥泞的路上

他的鞋也被弄脏

他不像我

有一双眼睛能够看到远方

也不像我

走着走着就可以放声歌唱

他只在夜里吹笛子

在锈蚀的岁月里

他同我一样

看过很久很久的夕阳

072. 一些梦

一些梦仍睡着
被惊醒的只是些呓语
和即将遗忘的情事
一些梦仍睡着
隔着受潮的窗户纸
和浅浅深深的呼吸
一些梦仍睡着
而云朵已向黄昏聚集
你的沉默悄无声息
一些梦仍睡着
一些醒了
带了四季的风
只吹向你

## 073. 各在孤岛　何为永生

之一

天总是黑得很仓促
像蘸墨后浓浓的一笔
心是被晕染的
一方宣纸
本来是要写下爱
和情义
趁着天光还亮
趁着柔情绵长

之二

就像是一座孤岛
你是环岛的汪洋

我是被囚禁的人

你是指引的灯塔

你在哪里光在哪里

希望在哪里

爱在哪里

之三

神明之上

你伸手指着的地方

竟成为我最后的信仰

涉水而过　没有彼岸

各在孤岛　为何永生

何为永生

074. **立 春**

蒙蒙的天光未亮
远远的山色如常
这个清晨叫春天
尽管还未花开四野

我久居眠着的冬天
沉默着等待盛放的语言
等着融化　等着冰释前嫌
等着风解过去的时间

虫儿鸣着　声音浅浅
穿透薄薄的地面
那些根须活起来了
网住地表的光线

太阳远了
等着季节交接

鱼浮着　吻着缄默的海面
用呼吸溶解泛白的冰片
盐粒结晶　拼接着美的瞬间
雪山告别　和解后渐行渐远

只是春风吹到了我窗前
我与梦终须一别

075. **你是我琥珀色的时光**

之一

你是我琥珀色的时光
有那么一片是污浊的
像是清澈的我的泪被风牵绊了
像是那眼眸里的光也暗了
却不甘心　被封锁在那一小处境遇

也会试图　打开一片海洋
只是偏爱的　是你从不会遗落的目光
绳索要断　牵连的　怕是勉为其难
我该小心收藏　还是释放

之二

你是我琥珀色的时光
你是我来不及羞涩的模样
像是不曾舍弃的床前明月光
住过你遗落的婷婷芬芳
满堂余香　却只是回首时空空的惆怅

你是海洋　漫湿了我的衣裳
缓缓蹚过了　你如海潮的淡淡忧伤
心结难解　缠绕的　无非爱与不爱
我该蓦然回首　或是遗忘

076. **空 寂**

你是檐上的鸟雀

咿呀学语

却说不出我爱你


你只是将身上的羽翼

一根根抽离

编织成一簇

风里飞扬的花絮


你是空寂

等我洞悉

## 077. 立夏之初

收起潋艳的姿态送你离开

空绝的鸟鸣无可取代

你是我暮春最后的依赖

沉入幽蓝的海底送你离开

邃深的潮汐无可更改

你是我四季相承的一脉

你是浩浩晴空

俘获我长久的膜拜

诗情画意　信手拈来

掬满热情的残花等着你来

你是我荼蘼后的精彩

缄藏流云的往事等着你来

你是我翻云覆雨的热爱

你是森森绿影

呈现我全新的视听

凝视丰盈　倾听梦境

078. 四月是你的谎言

四月是你的谎言

缄默于口

我的整个秘密都已被获取

无藏身之地

亦无博弈之力

我挥霍不尽的情意

如盛开在末春的花

天空晴朗　春意盎然

你微微漾着的绿

算作一些肯许

许我自顾自地想你

将谎言略去

花开得太好

所以摇摇欲坠

所以无药可医

四月是你的谎言

是个说真话的谎言

你的经过是为了成全

我毫无保留的萎谢

079. 我原以为我会与你厮守终生的

我原以为我会与你厮守终生的

不喂马　不劈柴

不周游世界

调味简单的日常

小米稀饭水煮蛋

捕捉微小幸福

在日光充足时晒好一床被子

我原以为我会与你厮守终生的

把面朝大海的梦收起

把春暖花开收起

去抵挡夏的燥热　秋的深远　冬的苍白

去抵挡不断涌来的诗意假象

剥去生活的层层外在

才是我们在一起的真实目的

而非有情人终成眷属

我原以为我会与你厮守终生的

只是谋一份稳定的工作

过一辈子朴素的生活

## 080. 黑　白

我隐约闻见碎花的香气

如同蜜蜂寻着蜜就去了

义无反顾地

我百无聊赖地守着一些死去的花

假的花缠夹的真感情

便自娱自乐起来

可是

我的色彩全被你拿去了

不是褪色　是鲜活地被生生夺去

是不可触碰的真感情也败了

为何仍困着我呢

该带走的你丝毫未留下

是一只鸟带走最后一朵花

我只剩了

我的尘我的垢

我的黑白繁杂

081. **鱼　语**

不知是谁

将我们命名为爱人

一根红线牵着

一辈子走着

隐隐约约地爱着

手心合起为你温着的暖意

掩藏了情绪

嘿　怎么是你

前世的桥上怎么是你

顾盼的怎么是你

不甘的怎么是你

同我生养了一对儿女的怎么是你

而今生无可挽回的情意

又为何不是你

不能眠　不得安宁

我在你心上筑了城墙

此生只来不往

你的城门失了火

焚了我

## 082. 大梦初醒

时间摇落了窗　大梦初醒

写下的字烙上了时间的印痕

我将树枝插入泥土等待新生

你锁住了水分　无动于衷

我的过往和你的从前相逢

我是静默的钟摆

发条锈蚀　言语道断

留下的时间被一点点走完

透过明灭的生活看不到你

心没入荒芜之境地

所有的情　不可思议

所有的梦　未梦先疑

083. 春分 · 梦境

"燕子不归春事晚"

三日之前　你从赤道走过　时光慢了一些

三个时辰之前　你从梦境走过　黎明慢了一些

鸟鸣清晨慢了一些　车轮卷起的尘慢了一些

你燕雀般垂落的眼　落去这活色生香的世界

也慢了一些

一棵树身上的绿　慢了一些

一朵花蕾打开的色　慢了一些

影子躲在午后　慢了一些

被风扯着的光线　慢了一些

雷打不动　变幻的气象万千

只有爱情快了一些

想念慢了一些

## 084. 四月·无梦

四月的花循序渐开

寒冷跟随节令往复

瘦了的脚磨着鞋子

沙粒躲在缝隙

试图和解

我系紧的鞋带像个死结

无法打开

无法将默化的思绪打开

无法将过去打开

差一点就去思考未来

可暖的风扑面而来

四月的香气扑面而来

我揉碎晃眼的阳光

试着从梦里醒来

静的四月　已被我装进口袋

梦境从此散开……

085. 夏至·梦至

所有的梦被打开
夜色围困着幽蓝的梦境
海风咸湿　从六月便漫上了岸
烟水深处　熟睡中辨不清方向
彼时我是鲛人　举着火把
呼应你微茫的灯塔
鬓发如藻
已是你识别不出的芳华
彼时我落泪成珠
你冷冷的目光一泻如注
在梦与冷落之间
七月的恻隐之心浮出

086. ## 呼啸而过的四季　我不等你

呼啸而过的四季　我在等你

像一月的铜墙铁壁

墙的缝隙藏起了睡意

将一场冬眠进行彻底

二月发生的事被谁提起

我痛饮的风雪

只剩弥足珍贵的感激

我比阳春三月更急

久等漾起的微风细雨

寒澹的天色共一场忧郁

四月的色彩凄迷

我只捕捉一处风景

只为你在所不惜

五月的目光望着你

我翻着昨夜的书籍

墨色的花瓣如何落笔

六月守着一场大雨

106

电闪雷鸣慑人的美丽

请不要忘记

我未能停下来的七月

我的生辰回归如期

今夜比昨夜更漫长拥挤

八月的草原与海相遇

更像一场盛大的别离

我只好默默无语

九月是敲响的记忆

我松懈的神经被重新绑起

无力的终究无力

十月的霜降覆着大地

距我爱上你的日子越来越近

靠梦活着的日子九九归一

十一月的眼睛只剩诗意

你的孤寂融入我的孤寂

祈祷与梅花傲雪而立

十二月的梦境风和日丽

我舒展着身躯

穿行于季节幻影斑驳的往昔

委婉幽暗的十三月

放弃什么奇迹

我已归去

呼啸而过的四季　我不等你

087. 微 尘

我遇见了你的美丽
在某个昏暗的房间里
在某束光照亮的一刻
你飞舞的神色
一面是斑驳的光晕
来不及进入我眸里
落在了我身旁
来不及清点我睫毛
落在了我唇上
一面是被风牵绊的絮
来不及萦绕我怀里
落在了我心房
来不及沾染我情绪
困住了我思想
我遇见过你的美丽
在忽明忽暗的房间里
对你一束光的许诺
深信不疑

088. 一方水土

雨水充沛　家乡的草原绿意盎然

而我眼盲　远远地远远地在异乡

独自面对大海的悲伤

我记不起童年的风吹麦浪

记不起七月流火的时光

辘辘井的绳索提起一夏的清凉

怎能忘　我梦里的故乡

牛羊的蹄声没入浅草

绿色在一天天地褪色

不知名的鸟雀的巢窝

在田野将最后的落日捕获

远远地远远地亮起第一盏灯

我隔着一方水土

在回忆里循环往复

# 沛宁的诗

（15首）

## 089. 草 帽

也不只是遮挡烈日

比如收纳微风　包裹汗水

抑或悬挂于角落　证明身份

我有我的专一

热爱村庄　熟悉田地

每一次低头　都渴望亲吻大地

是的　我注定平凡一生

沧桑老去

我无心邀功

世界很大

见证收获本就是一种幸福

110

## 090. 夏天的太阳

如果这通透的世界无法躲藏

我就会站在炽热的太阳下

作为一粒燃烧的种子仰视天空

爱意和悲伤一起燃烧的种子

大地和你一样远离天空

阳光打在我身上

太阳你何曾想到过

你制造热情与光亮

同样也制造黑色与苍白

太阳天空之子

可我还是爱你

当我赤脚站在你下面

像站在平静的湖面

在正午的时候

遥远的高空头顶你的重量

尽管用汗水浸泡身躯

我也觉得足够富有

## 091. 你认识过去的我

你认识过去的我过去的太阳

你在平原眺望远方仰望高山

对　　那都是我种下的花朵

我种下过河流　　路径和少女的心

你都一一拾掇

秋天的树远大而悲伤

我就站在秋天的树上

秋天的月亮是你的眼睛

我不信那吹过的风是你含沙的遗忘

你认识过去的我过去的太阳

过去的太阳掉落在水里面熄灭

你再看不清所有的一切

包括爱人　　铁轨和村庄

你拥有所有的记忆

像大地拥有所有的眼泪和哭泣

远方必将苏醒

我在回来的路上收获所有的粮食

收获幸福　　收获太阳

你认识过去的我过去的太阳
你甚至认识荒郊里的野草一片
你认识生命认识石头绽放的心
那黑夜里死亡的是一棵孤独的稻草
一座房子和奄息的我
我就将在明天的夜晚再次死亡
上天赐予我无数的生命
我都将赋予远方赋予你
赋予早上托起的太阳
你认识过去的我过去的太阳
你认识过去的你过去的一切
你还认识秋天篱笆里的一朵黄菊花
那微笑是爱人对季节的珍藏
太阳照亮世界照亮我消瘦的背影
鲜花沾满清凉的露水
我正一步一步走来
你认识过去的我过去的一切
你认识道路、希望和目光

092. 高大的杯子

被雨水浸透的早晨

我选择坐在一朵花的心头

像坐在一个高大的杯子之上

美丽温柔的杯子

你盛满了泪水

同样也可以盛满太阳

穿过墙头　穿过杯沿

泪水打满了道路村庄

我曾违背的土地今天湿润如杯中之水

那赠予的　保留的杯中之水

豁达与忠诚旗鼓相当

今天我坐在高大的杯子之上

就像忽然回到了违背的土地

就像忽然回到了久违的土地

093. **远方姑娘**

远方姑娘

我爱你如爱上一丝帛面纱

隐隐约约

群山怀抱着你

像绿洲养育一朵娇贵的花

你如梦初醒时

我刚好从你耳畔经过

微风和着秋意

良顷以丰收的名义为你挂上彩色的衣

群山的公主

你拥有高尚波澜的爱

群山竭诚拼接成的大海今天沉默不语

我只身打马来看你

恰巧在阴郁的秋日收拾到你的明眸

清澈透亮

浓情款款

你是高山上骄傲的珍珠

远方姑娘

你爱我如爱每一个陌生来客

你拥抱每一个敬畏惊讶的神情如群山拥抱你

## 094. 日升日落

最后的夕阳低过裸露的树干

天空的心脏此时红艳如待摘的果实

果实硕大　　盖过了树木

也盖住了天空本身

有时我在想　　日升日落

长在天上　也长在地下

人从其中穿过　　是为了什么

被日光照耀的人们

和太阳一起起落

在黑夜里躲避苍白　　隐藏倦意

脚踩地下的日光

学会遗忘

然而白昼再次到来

地下腾起的太阳

拉着人们继续痛苦或快乐

拉着人们从温柔走到热烈

走到宁静

可是谁又会真正地悲悯多情的太阳

如同悲悯太阳下裸露的自己

日升日落

长在天上　也长在地下

太阳挂在我们身上

如同我们的眼睛

看住太阳

### 095. 冷风喝故城

从南方的冬天走来　带来一片大海

大海宁静　悬浮半空　遮挡暖阳

冷风长期幽居于此

偶然出来　喝遍整座故城

今天我是一杯温开水

静坐在城市中央

而人群是河流是羊群不可阻挡

冷风喝尽　一身慵懒　心满意足

而昨天我是苦茶是浓咖啡

盛满过往的村庄和疲惫

冷风饮过　整夜清醒　胡乱地吹

使我彻夜难眠

而前天我是烈酒是滚烫的眼泪

感谢过往的四姐妹　赠我酒杯

真诚珍贵的四姐妹　我也饮过你们的酒杯

一滴都未曾浪费

今夜我在黑夜的深处、幽暗处翻涌

四姐妹将我抱起

村庄将我抱起

道路将我抱起

那环绕的冷风将我抱起

推向下一个盛饮的杯子等待啜饮

冷风啊　喝成了天空里的大海

明天我将也可以是冷风

今冬最深情的一团冷风

喝今天、昨天、前天和过往的一切

喝诗歌里的文字

喝遍整座故城

我将从大海内部吹起

喝遍整座故城

喝尽后吹进天空

再吹回到大海内部

吹回南方　吹到四姐妹的故乡

096. **当我安静地坐在椅子上**

将身体陷入椅子中沉睡

像突然陷入童年

陷入另一次生命

当我安静地坐在椅子上

身体长满了眼睛

也长满嘴唇

世界对我坦白

我开始对这个世界亲切

亲切也苦恼

温暖的椅子　古老的椅子

也许我一生都未能脱离你的臂弯

我用双脚前行　站立

你四脚屹立　犹如高山

使我安全

沛宁的诗

当我安静地坐在椅子上
仿佛躺入村庄
我不能一直站着看完所有的风景
我不能一直哭泣着打湿整片土地

我不能一直追赶太阳也追赶自己
当我安静地坐在椅子上
身体长满了眼睛
世界包容我也包容眼泪
此时的我仿佛回到三月的屋顶
炊烟散尽　四面微风
贫穷如初　却也自由

## 097. 列 车

今夜列车载着我在黑夜的内部狂奔

如热情的血液流淌全身

今夜天空黯淡　　星光隐藏

而列车是流光　　是银河

是太阳　　照亮一切

黑暗的内部本身是光明的

痛苦的内部本身是快乐的

在黑夜里奔跑的我本身是静止的

而我本身是属于大地的

我无比骄傲

今夜我跑在风的前面

像跑进了明天　　跑到了爱人面前

那远远甩在后面的黑暗一片

是我小时候

偶然回头看待这拥有的一切

如村庄矗立　　风吹麦浪

疾驰的列车亲吻着深情的铁轨

而我挥手作别呼啸而过的过路

那隐没在黑夜里的一切是我一头黑发

而列车也是皱纹　　印在额头

他们都被记下　　都在长大

098. **火 把**

用秋天高举着的火把燃烧眼睛
火把温情　眼睛温情
秋天道路上的阳光温情
那阳光里生长出来的诗歌温情

那光亮应该也在夜里
像痛苦隐藏　道路安静
分离的嘴唇关闭
那光亮同样也镌刻在寂寞的骨头里

有时我会在寂静如水的地上种下双脚
遥想可以幸福地长大
像高举的火把　充盈天空
大地遥远　当火把高耸入云
燃烧的天空也饱含温情

只是温情的火把高大
那流光似也忧伤
像一道道隐隐的伤口
一裂开　也是血红的痛苦
大片的光　在天空痛苦地飞翔

099. ## 海上家园

风雨欲来

天空中无数黑马逃出

从四面八方奔来　齐聚海上

今天天空混乱如一群陌生人突然闯入村庄

厮杀与抵抗充斥的贫瘠之地

今天太阳不照耀在你的伤口

痛苦　哭喊　压抑

在黑夜坠落后一起沉入海底

如一道旧伤疤隐隐作痛

大海　今夜我独坐在你遗弃的荒凉之角

窥探一切

原来你才是所有痛苦和苦难的根源

也是墓地

幸福从你内部腾起

四处流浪

最后再以眼泪之雨倾盆归还给你

大海　万马齐聚的海上

今夜如空无一人的村庄

今夜我也必将葬身于此

无人重返家园

## 100. 冷 风

冷风你是在诉说些什么？
你划过天际
让伤口疼痛得毫无痕迹
你穿透每一个人的心里
把寒冷植入身体
你让爱人拥抱
让远方的人思念
你在季节里种下各种可能
让春天有了期待
你让死亡的死亡
让倔强的坚强
冷风你告诉我
你是否也曾是清风一缕
情意绵绵？
冷风你告诉我
那白天和黑夜死在我胸膛里的
其实都活在我心里？

125

## 101. 三 月

并不是所有的三月都是一样
在南国的原野上　三月雨水众多
我双膝如木　漂漂荡荡
春天的孩子在雨中哭泣
哭完后大地繁花如野

受难的爱情　你在故地
接近沉默　春天蜿蜒在我的
眉檐上　悄无声息
我双眼微闭　在和煦的风里
在微扬的花香里
触到你遥远的骨骼

叫我如何在三月停止思念
阻止春意任性地蔓延
三月大地上长出了房子
女人　和村庄

126

幸福长得就像一棵棵新鲜

的树　围绕着我

此时我只是想着你

看不到　却又难于诉说


如果我决意不说

不说　我也学不会爱与流浪

阳光打在我的脸上

春天打在我的脸上

你打在远方更远处

我一路沉睡

像睡在一块木头上

像睡在季节里

躲避思念


多情的三月

上半月流泪　下半月浅笑

在三月里掩藏爱情

在三月里拾起爱情

## 102. 在泰山顶上喝酒

在泰山顶上喝酒
一杯接一杯

今夜东方之王摘下了王冠
夜空下　笙歌静默
众神朝拜之殿独我一人
迎接太阳
万木肃清　巨石消声
黑暗中　酒杯与我
一同挥霍
以宿醉之醒
叩拜王之王冠重新加冕

孤独赐我
疯癫赐我
忠诚赐我
今夜我在泰山顶上喝酒

沛宁的诗

一杯又一杯
杯杯回味

在云端　手可摘星
云娘不语　层层叠叠
穿透我身体的不全是酒
也可能是断崖之风
一刀一入梦

今夜我在泰山顶上喝酒
今夜泰山顶上酒罐空空
今夜还未醉
酒干尚可饮天水
今夜我是泰山头顶上的
王冠

103. # 远 山

远方的山脊连绵起伏

那些背向故乡

也背向我的山脊

把梦割成两半

在我这里白云如马

风里都是梦奔跑的声音

在山的另一头

水的村庄与水的梦

流得更远

所有的梦都和诗有关

山把梦割断

我在水中洗净自己

130

# 雨行行的诗

（11首）

104. 孕

腹有混沌的宇宙，
莫可名状。
欣喜与躁动奔流回涌，
血液也膨胀发烫。
夜里的寒星孤独不懂闪耀，
却似与我打过照面，
在记忆之初。
腹有混沌的宇宙，
莫可名状。
我等待你挟血的诞生之姿，
与婴儿清亮的初啼。

105. **乙女心**

我的心里，
种了一棵小树。
血肉将它供养。
冬天发芽，
冰雪中燃起亮绿。
秋天开花，
织绣粉红堆云霞。
夏天落叶，
一声声叹息停歇。
现在春天，
它枯萎了。
泪被风干，
年轮死在原点。
满眼繁华都是疮痍，

雨行行的诗

满耳清风都是啼泣，
潮汐折叠一千只鬼脸，
冷月钩要尝血的鲜。
都只等一声丧钟，
世界飘起绿色纸钱。
你种了棵小树，
在我心里。
甜呀爱呀多欢喜。
我的血肉将它供养。
冬天发芽，
秋天开花，
夏天落叶。
现在春天，
它死了。
你剜空我心胸血肉，
它怎活得过这季？

## 106. 你不近人情的美

你不近人情的美，
只细眼看了两回，
涂满指甲油的红蔷薇，
任潮汐也迷醉而流转徘徊。

你不近人情的美，
还转头看了两回，
侧颜藏半个明月未眠，
阴影静躺桂花满地的香味。

你不近人情的美，
又上前看了两回，
郁黑瀑布放蝴蝶起飞，
银河里逃出烁目彗星的尾。
我是云儿也消瘦梦儿也碎。

雨行行的诗

熬愁成苦竹心却起沸，
又上前看了两回，
你不近人情的美。

手握长刀誓要恼春风下跪，
城南樱花空开燕不归，
还转头看了两回，
你不近人情的美。

山遇冷崩裂大江大河枯萎，
天穹盖不住地往下坠，
只细眼看了两回，
你不近人情的美。

## 107. 归　别

我从黄昏归来，

抱着黑夜的头颅。

耳朵上攀一支凌霄花，

想要亲吻夜莺的面颊。

浪潮里托起的昨日，

还未经你命名。

是成败天下，

还是眉间的一点朱砂？

我袖口的风，

带着你刀的温度。

不经意看见，

狼烟中破败的城垣。

我从荒野归来，

雨
行
行
的
诗

身影被月光追逐。
狼眼是幽幽的烛光，
鬼火是浮尸的彷徨。
请不要为我举剑，
不要为我嗜血，
我只是老去的碧梧，
只是苍凉的云烟。
忍是未射中的靶心，
忍是未决堤的洪流。
不会泪眼涟涟，
不会望眼欲穿。
只深埋一颗红豆，
悄悄在城南脚。

## 108. 摘 心

你的手，
穿过我的后背，
停在我心脏的位置，
微微拧了一下。
我的疼痛，
我的爱欲，
我的绝望，
顺着血液的潮流奔走。
我的血液，
全部都流经你的手，
打成一个结。
你的手握着我的心，
温热如火山灰化的石。
胸口快要诞生，
几朵滴血的梅花。
我看不见，
看不见你的表情。
你是被蚕食的痛楚，
还是吝笑着。

对，你是一只鬼。

你是魑魅魍魉的，

任意一只。

月红而妖冶，

是被你以唾润之。

连苍云里的野狗，

也被刺痛。

再往下用力，

扯，扯，扯。

摘去吧！

你吞之如吞一颗

脱水的苹果。

反正它于我也一无所用。

亘古的寒冰中，

我胸口诞出，

千朵万朵嗜血梅花。

# 叮咚

空气中
青苹果的香味
快要卷走我的鼻子

一小行诗
在我脑中叫嚣着
要求诞生

双手攥紧
又放开的
是两三颗星星

透过白雾
哈一口气
烧红了柿子和石榴

谁还记得
最初的理由
来到这荒寥的渡口

我只身向前
撑起破旧的浮槎
消失在芦苇间

110. 夜之宿命

体内暗河翻涌，
眼里岁月静流。
潮湿的梦里
便是每一刻，
都有昙花开落，
在你身后，
盛放如雪。
杜鹃掀开红果，
饱满的忧伤。
夏夜的月光，
来不及骚动，
暖风吹醒，
夜游神的面庞。
潮湿的梦里，
便是每一刻，
都有生命消亡。
在你身后，
落满秋霜。
蛇信子引火，
燃遍每寸肌肤。
不要闯入那园子。
满园的宿命，
白骨苍苍。

## 111. 你记忆中的我

你记忆中的我，
可不是我。
我没那么好，
也没那么糟。

你记忆中的我，
伴随你的情怀。
一次次被篡改，
或者是恨，
或者是爱。

你要承认，
离开即是失去，
断裂成一片新海。
我诞生在你记忆中，
和你童年的
鸟、木马、玉簪花一起。

142

雨行行的诗

你情怀的浪花，
　几朵欢愉，
　几朵忧郁。
我能听到，
　在浅寐时。

你情怀的新海，
　有一天我
　会死在海底，
　化为泡沫，
　化为枯石。

我没那么糟，
也没那么好。
你记忆中的我，
　终不是我。

## 112. 人平时反

我有两轮太阳，
一轮裹在脚上，
一轮浮在右肩。
雁自回南飞着，
逼紧黄昏不安。
湖堤青柳垂着，
新妇睡醒娇憨。

我有两枚月亮，
一枚含在嘴里，
一枚佩在腰间。
泉水叮咚走着，
花开神谷不见。
深春轻云吻着，
蹙眉远山不眠。

我有两颗星星，
一颗钉在耳垂，
一颗嵌在眉间。
霜飞流光舞着，
人尽灯隐夜阑。
古道寒更打着，
时走长安梦宽。

144

## 113. 我坐在一对丑夫妻旁

哦,我坐在一对丑夫妻旁边。
男人的大黑痣上长着一根毛,
女人的头发是一堆枯黄杂草,
男人走起路来满身肥膘白晃,
女人说起话来满嘴唾沫飞亮,
男人睡了打鼾像是饿了的猪,
女人哈哈大笑像是快哭的驴,
他们依然眼中只是最美的彼此,
他们依然不顾旁人地说着情话,
他们依然在嘈杂的世界里相拥,
他们依然在黄昏里甜蜜地亲吻,
他们依然在深夜里激烈地做爱。

男人说爱女人炸油条的巧手,
女人说爱男人搬砖块的宽肩,
男人说爱女人下垂了的乳房,
女人说爱男人干裂了的嘴唇,
男人说爱女人皱纹里的花朵,
女人说爱男人大手上的厚茧。
我刚刚走近他们现在又走远。

## 114. 我所有的

之一

我有一只小木匣，
里面空空的，
我在给它雕花，
一瓣瓣，一朵朵的梅。
但雕好一朵，
前一朵又谢了。
我就这样雕了三百六十五朵梅花，
一朵都没留住。
打开我的小木匣，
居然有一朵，
被冰雪衔来的梅花。
在漆黑的木匣里，
鲜红欲滴。

146

雨行行的诗

之二

我有一口井，
井水平静无涟漪。
如镜。
我俯身看井，
井里的人俯身看我。
我背后是蓝天碧云游，
井里也是蓝天碧云游。
一片绿叶落在井里，
井依然不说话。
只是落在一面镜上。
而那片绿叶，
蒙住了我的左眼睛。

之三

我有一只蚕宝宝，
春天开始养着，
白白软软肥肥，
又透着叶的绿，
喜欢把自己埋在桑叶山里。
你看不见它，
只能听见沙沙沙沙沙。
到秋天，
桑叶山不见了，
蚕宝宝也不见了。
只剩一个洁白的蛹。
我是否能期待，
冬天拥有一只美丽的蝴蝶。

# 子芜的诗

## （11首）

115. 归 心

远山用苍老的颜色咬住残阳
暮鸟飞得疲倦，却不忍心归巢
因为我将去往一个离家万里的地方
风筝断了线
千纸鹤离开了窗边
雨滴恋恋不舍地落地
而我再不向往遥远的远方
和蒲公英轻佻的翅膀
我只愿站立原地
生根发芽

## 116. 命 运

顺着长满芦苇的溪流

离开村庄和大海

我被迫远走他乡

水晶般的海浪生长的岸

是起点也是尽头

被赐予翅膀的飞蛾

痛苦地挣开羽翼

因为有了翅膀就不得不飞翔

野花凋谢了一季

碧青色的河流即将结冰

我身背巨大的雕像

时时想逃回村庄

远方是一个噩梦

飞翔是一种命运

蒲公英的歌唱再不会来临

子芫的诗

**白　莲**

候鸟一声不响　穿透云层

清浅的河水漂洗着天空

摇开停泊的小船

芦苇开始起舞　编造梦境

叶子便以为晚秋来临

野鸭轻唱采莲曲

那遗留在少年梦里轻扬的旋律

涟漪无声哭泣

等待裙裾飞扬的冬季

河流不会结冰

歌声渗入空气

## 118. 流 浪

从明天起去流浪

带一支画笔

在沙滩上画下海鸥的身影

带一个玻璃瓶

收集沿途的阳光和雨

把它漂流到大海里

愿一个快乐的人捡到它


从明天起去流浪

给流浪狗讲睡前故事

陪月亮度过漫漫长夜

或者有时候

就做一个只会微笑的哑巴


从明天起去流浪

去接受陌生人的祝福

我们彼此不相识

但我们都是天涯的孩子

119. **月儿圆了**

月儿圆了的时候
我坐在稻草堆上遥望
那时我拥有
乡村麦地蛙鸣
和夜色里露珠的吟唱
那时月光亲吻大地
我向往的是远方
而今我背上行囊　漂泊流浪
是月儿圆了霜也落了
麦地的呼唤被风遗忘
村庄的信件失了翅膀
我爬上高楼　远远眺望
月儿的念想太轻太轻
抚过我发端

## 120. 孤独的风

我默默地坐在湖边

波纹瞒着我悄悄地跳舞

风给我带来了

九里香的情话

树叶的歌

天空的信笺

风永远不待在它的城堡里

它游荡着游荡着

给孤独的人唱歌

## 121. 云 朵

城市里的天空被灰暗覆盖

望不见云朵

我一个人打着伞

刺眼的天空

沉默的天空

以前乡村里的天空属于每个人

七月的太阳焦灼大地

稻田里的谷子开始喧闹

他们笑天上的云朵居无定所

流浪的白云悠悠地走远了

他们笑地上的稻谷顽皮无知

戴着箬笠的农民

流着汗听着天上地上的笑声

现在　稻谷离我远去

云朵早已流浪他乡

只有这沉默的天空

不属于我的天空

我打开了伞

不再接受天空灰暗的安慰

啊　城市里的音乐是喧闹的沉默

我独自在天空下

画下了一朵又一朵流浪的云

122. **石房子**

为自己建一所石房子
立在悬崖边
让它抵御寒冷的苦雨
和毒辣的阳光

我将不会开窗子
并且关上门
拉上门闩
只留一线门缝
能听得到鹿鸣声

也许　房子里
会变得潮湿
会长满青苔
而我将会很高兴
可以不再睡冰冷
毫无生气的地板

子尧的诗

也许　房子里
将暗无天日，没有阳光跑进来
而我将会很高兴
我不用再忍受刺眼的光

我一个人度过
幼年以后的岁月
在石房子里
宁寂围绕着
深深的窄小的空间
我会很高兴
我什么都不懂

我一个人在石房子里睡去
做一个不会结束的梦
我会很高兴
我对世界是个陌生人

157

123. **害　怕**

你看　颜料干涸了
琴声渐渐消隐　凝固
在啜泣着的空气里　它也在想
沉重的钟声究竟响了几次

眼里的城市褪去荒谬
柳叶　不能为溪水描眉了
我害怕迷路
回忆满筐　却无一真实
我怕扉页里的空白
怕碎片愈趋分离　积攒不起
我害怕树的年轮晕开　叶却凋零
我怕天气转暖　世界不再寂蛰

梦境仍在呼吸
但我仍是害怕——
害怕琴师的双手干枯　歌者的舌头僵硬
害怕镜子里的孩子
再听不到尘埃叹息

子芫的诗

## 124. 消逝

阳光照耀的时候

我是一滩水渍

风吹来的时候

我是轻飘飘的灰尘

月牙儿出来的时候

幻想将舍弃我于尘世

黎明将至的时候

我是那最后的影子

125.  **望**

银河是天空的一道长长的伤口
我眺望的时候　风还未醒
你和一颗流星坠落在平原上

也许任何哭泣都入不了我的耳
但我眺望平原　却双肩沉重
蟋蟀的忧郁都不成调
我深知湖面照的不是我的影子

还有雨夜
雨夜住在檐尖上
叮叮咚咚地淋湿我的门
我安慰自己　那不是眼泪
而是烈酒

流星烨烨
而我始终无法跨越那忧伤的屏障
平原太遥远
我如何能到达

160

# 拾年的诗

## （8首）

126. 南 风

明光桥的夜堆得很厚
细草微风　马匹布包
以为能握住　拟阻挡
你拥抱黑暗的源流
幽暗的路灯站得很远
入夜后还未有夏的蝉鸣
你攀栏杆的手　还停留
甚至你都没说你去哪里
你是叫什么名字的姑娘

## 127. 你与自己

你问我　从哪里来
没有绿油油的油菜田地
姑娘扎好辫子就算作开场
主人公的名字并不算响亮
没有恶龙　只是
你在远方　回头

你问我　这在哪一天发生
雨水和风都略显唐突
想听说的详情
被烈日照在石壁上
白棉布裙子分解的滚烫

我没什么话可以问你
因为你在漆黑的夜里　留下
一个不能被舍弃的回眸
嘀嗒的声音被无限放大

拾年的诗

布谷鸟丢失了能量
树枝留声了喑哑

你问我　我将去哪里
酒馆的灯亮着
伏在桌子上黑夜里的背影
我再为你温这最后一壶酒
多像姑娘的眼底啊
斟满了苦难和忧愁

你又何必问我的来处归所
我将盘好长发
从今夜的你　前往明日
你又何必问我的姓氏
因为如果你沉睡在夜里
那一刻　我就是你

## 128. 执 迷

茂密的丛林在拥抱你

江水改了道　撞开颠沛流离来寻你

清规戒律将雕刻手法赠予你

我把我的所有思绪都留给你

你写你的悲喜

写我今生与谁相聚　尤其你


花留给你　藤我藏起

盛月光给你

将月影下的你　剩余

可以找一百个童话填满你

将你的踪迹　给跌下楼梯的我


嘀嘀嗒嗒的时间留给你

桃木门后的麦穗给我

机杼声孩啼声给你

点一盏万千年的延续　给我

去看芍药的自由给你

把你阳春的吻　给我

雪不会在这里下起

我不会与牵挂赌你

## 129. 六月是一位漂亮姑娘

为你唱一首月亮的歌

在这里

撑起漂泊的船

桨划在你的长发里


叶子剪裁成弯起的桥

二十四桥仍在的岁月里

水波轻漾

我不爱那冷月

爱的是那捡拾叶子的孩子


不论圆明园里衬着断壁残垣的荷花

六月也依旧是最美的姑娘

太阳多么机警

拼凑出光影

投射在古楼一角


如果一首歌不够

我将写满新刷漆的白墙

在凹槽里刻下名字

六月是不单调的斑斓

## 130. 旅　人

我并不知道要去哪里　也没有人给我回答

下着的雨或者是塞口的风

都可以轻易地阻挡我　不作声的沙哑

我身体的期待已耗尽　花已干枯　灵魂已回家

可我还在路上　还在寻找一个旅舍或者沙发

我算得上是孤单的旅人了吗　破麻和木叉


我想起奔突的水流　洗刷我的

罪行　或者其他

我何曾带走过什么　没有一枚硬币

连我的花瓣都不曾偷香

我只有一朵玫瑰花

最初的一朵玫瑰　迅速占领嗅觉里所有芬芳

我想起我的行囊里空空

只有那一朵玫瑰花

我用牛皮纸细心地把它藏起　就像告别一个姑娘

我背上有我的姑娘

我是层叠的丰富的过客

再也不是靠溪水而活的孤独旅人

我要离去　带着我会枯萎的姑娘

姑娘你是否在意去哪

整间屋的灯都熄了

我的脸映照出不属于蜡烛的光

蜡烛也是抗拒我的　它怜悯我的美好

夜将深　雾气会变得浓重

我如蚕蛹的身体翻动

四周寂寥无人　无人阻拦我

去找　深红色的我的姑娘

## 131. 我所记得的过去

街角的树影很大

我很小

耳朵里灌满了风声

装得下的

就是这夜晚的一生


燥热感都写在某篇日记里

我抢夺了孩子的彩色气球

在闭园之前

拥抱卸了妆的小丑

这一切的试图,找寻

最残存的幼稚

168

拾年的诗

年少是最忠诚的哑巴

用藤萝编织我的谎话

在爷爷的老式二八车胎爆炸的那天

我从泥土里出发

去另一座山丘

去找下一个家


很多过去都被我忘记了

埋在老陶泥花盆最底下

我以为

直到这一切开出了花

我记得

那一天的月亮很大

我很小

我成了那个哑巴

将一生都写入那个回答

## 132. 你说了的,你又不曾

你说了的,你又不曾
仰面倒下
与牧草做友,情愿
自由地唱牧笛的声

你说了的,你又不曾
牵我的手,走
去哪里
簌簌的叶子眷恋风

你说了的,你又不曾
忘记河海湖泊
舢板的陈旧
将厚重投掷进　来去的河

你说了的,你又不曾
恐这一生你难如此
颠簸
是写在你心中
无关离散的歌

170

133. **无　味**

声音被放大在午后的静谧里
有人在喊"一二三"
抛起来的　遮住窗口的我
我听不见快门声
又落下的　是最沉重的青春

最从一而终的
留给最后的那个季节里的你
才发现我挥动不了双手
也握不起插在红瓜瓢上的银勺

略过去　匍匐着如同蜗牛的速度
青藤爬满红塔之时
我还行在路上
等声色在何处化成了风
你不会送我　也不会在雨夜迎我
一切悲伤都倾注给了最后一次别离

无谓有来有往
故事同灵魂共葬
"一二三"
欢笑声要留下来
接住抛起来的昨日

# 宇斯的诗

（7首）

## 134. 立夏·大雨

之一

在落满花瓣的湿路上，
一个暮春的我
潜泳式的低头和游走。
刚领悟了草木牵动的微笑，
就碰上了略有腥味的尽头。
仿佛需要跳跃一次悬崖，
或者，争渡被隐藏的河流，
才能登上从立夏出发的小路。
一声从东到西的奔雷，
是万物睁眼的巨响。
看我，又一声，
大雨就倾盆而至。

宇斯的诗

我还沉浸在春天回味呢，
　　一个湿润的我，
突然就遇到立夏的大雨，
　　变成了水淋淋的我……
　　一个满是水滩的立夏，
　　　　早已看出了离别。
我看到，樱花开了又谢了，
　　　春雨来了又走了。
假如真有宿命，我要迈开
　　另一双更加流浪的腿，
　　去融化,似那汇合起来
　　　涟漪不断的雨水。

173

135. **冬夜梦魇**

冬夜,一片枯叶,思念天空的微笑,
明亮的借口,是对光阴要走的挽留。
黑暗中,才开始关注,
身体,早已失去水分的身体。

冬夜,西风和北风的呻吟,
诱发了深藏的火焰。
循环死去的春天,又一次点燃,
曾经安息玫瑰的身体。

冬夜,一个美梦苏醒,
骨干的床板上蒸腾起旋转的海洋。

宇斯的诗

海浪和天空的激情,撕毁了,
一粒沙子枯萎的爱情。

冬夜,一尾黑色的鲤鱼,
在痉挛的海底,解放了神秘的鱼群,
不会游泳的金枪鱼,
只能沉在,更冷更深的海底。

冬夜,一个无法存活的思念,
是重压解体的思念,变成白色的鲨鱼,
银色的灰鲸,在黑色的天空里,
专以春天为食。

175

## 136. 山　路

大山里本来没有路，
山里的孩子多了，
也便有了脚印和它的坟墓。
大山的孩子就是这样，
再多的尘土，再多雾，
也要走成一条路
——走进荒草的眼睛
和彼此循环的体悟。
我们的山路，
是先辈的血泪哭泣
和我们的奔走呼告
换来一场无愧于天和地的散步。
我愿用最简便的工具，
拉一面最飘扬的旗。
再一次呼告，来一次游走。
"那荒草是我们的，
那尘土是我们的，
那山路，也是我们的。"

## 137. 爱你是有了喝酒的感觉

我不习惯抽烟,只是喝酒后
降低了沸点的身体,
开始烟雾缭绕,摇摇晃晃
——尘埃引发的流沙留在心里
不曾安静,像一场盛大的舞会的旋涡,
朝着爱你苍老的方向,
徘徊到更遥远的荒漠,更加孤独。


在一杯酒和哪杯酒之间,
我开始了第一支烟的思念。
那烟雾环绕的你的心啊,
你信我,我偏爱简单干净的身体,
对着胸腔里水之源泉的树着迷,
还有休眠在树下,
不会向我诉说的童年。
我只爱喝酒,不抽烟,
可此刻我像窒息在岸边的鱼,
需要离你更近的烟雾。
请给最后一支烟的恩赐吧,
此后我将沉入树底干净的土壤,
不再呼吸,培养穿透地心的思念。

## 138. 只有诗人才能复制的月亮

拍两张雨夜的月亮，
做一双细纹深刻的眼——
我正被注视着
——虽然天空早已沉睡，
呼声隆隆。
有风从窗外来，
我不开门，他就打马离开。
我看着他离开，
带走了我的睡眠。
这已经是第十个夜晚的故事，
我不写诗，就睡不着。
供我呼吸的眼神，
无处不在，能把时间藏在
房间里。你听啊，
我想去写，耳边的流水，
却滑落在眼底的沙堆里。
可你是理解的，那仅仅是
一串数字的呼吸，
三根表针的呼吸。

139. ……

并没有把眼睛闭紧，
这真是罪过！
膝印满满的沙漠，
眼底刻画了一切——
……

流沙像自信一样，
在缝隙里体会到饱满；
等到被风剥落了，时间换新，
才发觉残酷，是异常残酷。
幸好我未昂头，一直跪到现代，
用全身的肌肉，匍匐前进，
可所到之处，流沙在飞逝。
——我并不知道，
沙漠没有了时间，还剩下什么？
无尽的沉默吗？
不！我这个鼓弄流沙的少年呐，
要预言那个疑问，
对错不管，是非不顾，
唯有沉默不允许！

## 140. 时光的码头

我不是归人，亦非旅客
而是不曾流浪的船长
携带着穿越山水的兰舟
迷失在此地，轻浮地徘徊
不信你看呐——
我赤色野马的身躯
背负着远方仙子的心情

如果解开我前世的挂碍
我将飞也似的奔驰
带着那根拴在我心上
连着你和我的嬗变
——哦，时光码头呀
你可知我要的未来
就是带着远方的流水
来冲刷疲劳安稳的现在

犹如一道乍泄的天光
给我寂静的船舱
带来酷爱冒险的水手
和码头上全新爱我
用背影表达爱情的姑娘

# 李毅翔的诗

（7首）

### 141. 不死鸟

你以为站在墙上，就有藤蔓爬过来
舔你脚趾上残余的腥味
你知道时钟在将老人的名字敲进石碑
你知道烟草烤焦了时间
最后一块镜子挂在南面的那堵墙上：
雨刚离开，尘埃还没干
不死鸟饮过血，醉倒在老人的怀里
她鲜艳如七月的玫瑰，季风来了
而下一场雨坠毁在院子之外
老人又要清空那方水池，安放胎殒的春天

## 142. 夏 夜

被钢铁穿透心脏时锁还不会说痛

他枯萎的苦楚要等到明天的太阳送入她床头

当灯光入侵树叶的后半生

铜铁拥吻的声音握在别人手里旋转

"你塑料的钢笔在写你塑料的年代"

我裂开的童年裹着一层牛皮

——棺材有新的款式,而我

需要新的墓碑

敲钟人在敲第七下时

你便在他的咖啡里滴咖啡味香水

他要等到你睡去才愿意祝你安好,在此之前

他怀念身穿蔷薇的女孩

在铜血管里狂欢过的香,告别了他的手腕

143. 午 餐

路趋向腐烂，日子
像雨一样落下，不分轻重——
实则无关重量，或毁灭
雨落下的日子，不是
浪漫，也不是孤独
我深陷一张红色椅子，写诗
或回味上一笼虾饺
或等一碗粥：我确信有两个人的分量
日子并未下雨，而楼上的书店
满是潮湿之诗
像我的床铺，像河一样宽阔
一个人的梦躺着，又掀开被子：
发烫的潮湿的痕迹

144. 冬

在黑色方格上切一个圆

在规定的边界上说爱

找不到尸体的琥珀色瞳孔,戴铝合金

去闪光里找日子的颜色

我们找到未来,有关房子的一切

当风沿着墙壁流下来,夜晚早泄

太阳爬升,床单溅满洗不干净的时间

我们需要洗衣机,转动一切

把伤口都消毒一次

让他们的纯洁足以再受伤一次

躺下

冬的足迹踩过了躯体,像一张白纸

在断了的肢干上找琥珀色的笔记

145. 叙事诗1号

买一支假警棍，在廉价旅店里
戳一个饱满的牛奶袋，在黑蕾丝之下
在冒牌风衣的怀里
在环保袋里找一本牛皮笔记本，今晚
以慈悲之名用手指表白
——假设许多人在夜里擦泪。灯光深处
小半瓶润滑油涂在肉色丝袜上
皱纹横行，我怀念沾湿风雨的花折伞
湿润的气候，地上的水渍，血渍
在床上，月亮的污渍
隔着玻璃喷射，挡住我的吻
镀金的笔尖湿了，留不下字迹

## 146. 晚 茶

饮尽一壶水，尽是
洛河的旧事，满目风波
你向何处借来月光
打磨过期的悲戚

灵魂的温热言语，奔波
于夜露深寒，一排
树的咳嗽声栖息在我的窗外

沉默如同逝者的名字
用一壶水溺死我的睡梦
——你向何处借来月光

186

## 147. 落日拉长你的影子

我在日夜边缘
步行
远游
唱歌——我以为是诗

我在你的温柔里唱歌
黑暗是自由
是高跟鞋的脚步
是香槟与烟草的闺房

落日拉长你的影子
我在唱歌：
"夜是光的前奏"
或"习惯闪电的温度"

落日拉长你的
影子，沾染了我全部的领土
在滑入黑夜以前
我还差一个梦

Gloomykid 的诗
（7首）

148. **杏 月**

摘下来的日头在灶上慢慢炖着

雨里便升起了炊烟

纸鸢与二月杏相视而笑

对酌的酒与茶都长

酥糖半口

齿印参差

步摇在紫檀妆匣里

想那院里的杏花落了

你的告白

便开得错落有致了

149. **午 夜**

并无新事的美好祝愿
和当下放凉的一碗土豆沙拉
深夜梅子茶泡饭
喝吗
高山茶泡开在壶里
昨昔是今日的
今日是明辰的
零点的热闹是你们的
而睡眠是我的

## 150. 在路上

黄昏在夜的肩头滑下去

我看到走过后死去的路

那些白皙胴体上

带着疲倦纹理

拥挤不堪的身体

塞满每个毛孔粗重的喘息

我急欲塞满房间的孤寂

静止的抽搐却正在溢出来

异地旅社多像面露倦色的小姐

再抽一根烟

便可以重新招待陌生的熟客

今天的空气,孤独,面包和睡眠

和昨天的

会有什么不同

190

长旅的仪式过后

我被打开

洒下如一杯祭祀的酒

之所谓启程

雨水充足

信仰充足

之所谓到达

定义模糊

解构模糊

我不适合思考

我被用来喂养众生

——向前,只适合远方居住

151. 古

太阳从东边的窗户升起
风穿过古庭院
有铃声作响

书架上的书陈列
从商周开始
抽出一本
就敲醒一段岁月

雨落寒潭无声
你不在此刻
步摇和流仙裙
已与你一同消失

所有未知的
都深埋在泥土里
所有遗忘的
都不再新鲜

月从西边的窗户走进
落在玄关处
光是凉的
不必煮开

过往是御寒的蚕丝被
睡成一个茧后
无人出来

## 152. 无 题

你走之前,蝉鸣一季
你走之后,四季蝉鸣

所爱隔山海,随风不可去
应往何处,苦夏不知眠

影疏灯火寒,人囿于旧梦?
几分凉来觉露冷,人安于木枕?

今朝路口回忆转车
夜来古井接雨几寸
思来遂念去,一步如重城。

Gloomykid 的诗

153. 旧

戏吟亭台
杨柳依依
拾级而上
采梢上旧时月
飞过乱红
箫声知为谁
比如你溶于水
比如你携风而去
二十四桥仍在
而玉人何处

154. **别**

你归来时

轨道太长

新茶吐绿

壶中的水不凉

你离去时

汽笛太近

桃花不落

杯里的酒未酿

行李

是打包好的辰光

你走了

日子便老了

# 趴字调的诗

（5首）

### 155. 春天的坐标

我蹲在树下看蚂蚁
喜鹊在枝头看我
（0,蚁）（0,鹊）（0,我）
一瞬间相遇又错过
该觅食的觅食
该搭窝的搭窝
春色大好
我守着这坐标
等一树槐花落

## 156. 那时情节

我蹲在树下看蚂蚁

耳边渐远了喜鹊

蚂蚁越爬越模糊

太阳刚刚倾斜

怪树影摇得太柔软

迷乱了那时的情节

只记得蹲着蹲着一磕头

就看见颠倒的世界

## 157. 姐姐花粉过敏了

姐姐花粉过敏了

唉，怪谁呢

你的脸颊如花瓣

你的鼻头似柱头

那风中少年

自来漂泊

它怎知风的安排

不是对的那一个

## 158. 我在夏至开始等待

今天的早晨

比昨天晚了一点

这是等待的开始

我的洞穴朝北

看不见太阳

只有山影

山脚和湖岸中间

绿色的足迹凌乱

象群往来宏大

踩碎造山的史诗

野狐出没狡黠

怀疑森林的童话

雾散的时候

蝙蝠回洞来

告诉我

没有鹿

在湖水结冰之前

我是不会出去的

趴字调的诗

就等着风干了绿色

雪埋了足迹

鸟都冻在云里

那时跑上山顶

张望史前的王国

再翻滚下来

在冰上追逐

和一颗松果玩耍

跳啊跳啊

喊啊笑啊

突然躺下来

独享湖面的温暖

和山的怀抱

为了这份温存

在等待的日子里

我要梳理好每一根毛发

## 159. 车过古北

若果无人等待
又为什么去旅行?

车过古北
一路向北
北边某一个河谷里
水已涨满半个小城
长途汽车
属于洄游的鱼
我只好伪装同样窒息
眼睛表演回忆
忽闪着怯与惊喜

八字调的诗

北，不是我梦到的方向
这算不算旅行？

车过古北
路高云低
乌云后隐藏着天地缝隙
我把长途汽车
同我一起摁进去
在最闷热的傍晚
去找最偏僻的火锅料理
有机会给老板娘斟上冰啤
伙计最好是沉默的越南女

北，不如庄子荒凉
这算不算旅行？

车过古北
山岭相逼
烟墩盯着我
像盯着那些年的过客

像对一切云归鹊起
想给我一个历史的意义
长途汽车低头逃走
赶紧到那小城去

203

去偶遇一对无知的情侣

北,不像凭栏般思绪起伏

这算不算旅行?

车过古北

北边没有故乡

北边并不文艺

北边没有什么要诉说

没有人等你来

没有人等你回

若果无人等待

又为什么去旅行?

# 原城的诗

（5首）

160. **惊梦**

栖过了这刹,百无聊赖

晚见这一帘艳阳天

灯烛里却窥见燃烧将尽的绒线

命数便在这回首里腐朽如烟

今天的春和昨日的春不同,年月被更替

流水潺潺,花开是寒暑罅隙间一次呼吸

行客固执在野径中途

笑春色三分为醉我的酒沫


就这样摸索了你,倾身贴耳听

姹紫嫣红的许诺多么打动人

赴过这梦中之梦,本身已入深土

衔幽香昏月处一奡杜鹃

是菱花镜台摄下的离魂,良辰美景呵

梦醒前皆托付一袖流年

## 161. 图 瓦

于此刻前漫长的寂静与黑暗中
骑马的游牧之人,腰间系酒
唱啊
萧条的命数与自然的图腾

你的名字呼啸在风里
你的名字蛰伏在土地
你的名字牵连在世道上
你的名字腐朽在遗忘中
你的名字悲泣成雪花形状
你的名字回响成河水潺湲
你的名字涅槃着春风吹又生
你的名字震荡着绵雨过秋城

原城的诗

你的名字生在万象交替而无痕
你的名字死在暗涌集流而有声

一阵风起，八方草动
未算尽者是霭中的孤鸿
上世食土，今生掘洞
你的意义藏在一粒沙中

"定会归来，定会归来"
或许从来也不存在这天地

若找不到身体，也不要惊讶
"所观草木，俱为汝心"

## 162. **白　驹**

孤单的白马，落下几根寒雪
似的鬃毛。山岭连着山岭
夕日扶墙褪去，没在藿草的末端
我多想，多想潇洒地走近它，将脸颊
紧贴它腹部。从一道霞光走向日暮
如果有方法使我们相互取暖，我愿意跟随

我猜我比你更了解将来的这一切
所以缄默了口，只是耕耘
欢乐不到尽头便不该归去，以为有
任它的颈脉上开出动人的花
肝脑里生出绚烂的晚霞
及至那个时辰，你再悄声答道：
"我已老了，不愿再走。"

等到了，山谷里早已荒芜
山川者也空，草木者也空
念想起曾有策马奔腾君子

208

逾过所有屏障，踮蹬入水
湖水之下已不容任何响声
一如我当时没有片语挽留

或许就在明天，或许是来世
奔走于声色犬马人间的你轰然倒塌
你黯淡的眸子里再无往日柔情和熠熠星光
白雪样的须毛连接起整片大地
从哪儿来，就要往哪儿归去
若不唱了，便听从自己的内心

发光的白马，再不出现在山谷
或许会在归途？藿草分不清白天、黑夜
甚至往日的轮廓。而我庆幸
曾作为一株草将自己喂养你
从不知足聆听，熠熠生辉的君子
即便如今相隔千里，知我未远离你

## 163. 之 虞

使我葬两三朵雪梅
拨雾寻麋鹿之足印
解束穿透吾身、湍急的绳结
窥得树荫更深处熹微的经过。
残阳霁雨,瘦马凌霄
若非如此
我怎知芸芸众生中,你是哪一个?

梅花生苞的时候,我就能嗅到你
带着枯萎和希望前来,拖鎏金色的衣摆
也许轻唤着某个无人知晓的名字? 而我
却从这石壁孔光里,记下了你的影子
仅是远远一窥,心却早早清楚

日子自然可以新,但总是不长
转世的人家是我长久的顾虑。

原城的诗

许诺在六月以前，泪裳化炊烟
翻云覆雨，带走欲说还休的眼
我总是在等……
等那个人，终有一天踏入这场雨中，我虔诚祈祷
那道身影，终有一天与我重逢

梅花会开满整个冬天，却知
在不经意间她才悄然落下
来年素衣满江，拈花的尾指
昭示了渔人来救赎的往世
凫水嬉戏。一遍又一遍转世
意象死在江河旁边，苗火湿漉；
当我轻唤你的名字，风已逆拂。

这是一种红尘，七百里后
也许是另一种红尘。

211

164. 愿

我们最大的愿望不正是得到理解吗
海盐从风漫天铺设,霁雨,远山如肤
适逢某位特定的女子,从浪潮中生出莲花,噫
她哼着的旋律,与我刚作下的诗歌一样

又或者,仅仅是一只狗,毛色斑驳
它的前足像极了后脚。不动声色地
从巷中踱步走来
它在我诗篇断行处纵身一跃,诵出了无人及的愤怒与哀愁

可能只需要我们自身,内视
相送彼此至云端的另一岸……如果只有一次
拂逆天然;要将这具大脑剖开,看个仔细
那嘤嘤不休、疯魔成活的青雀与乌鸦,会飞往哪里

但愿某天,我的诗篇终于会理解我
他们藏下要埋葬的花蕊,重撒向灰色天空
她解开了后颈处的发束,沾衣欲湿的灵魂
她于是不再觉得孤独,眼睑之下,包含了一整个宇宙

# 忍凡的诗

（5首）

## 165. 木头里的诗

阿姨读出木头里的诗

玫瑰树定在巴西笑开了嘴巴

我隐隐约约听见爱

独特的身心生发着诗意

参天的灵魂枝叶朝向太阳

一棵玫瑰木就能孕育出家居和房子

我要每天居住其中从晨曦到黄昏

但一个人守着木头太孤独了

## 166. 黑色的抵达

秋天死在黑色的山谷里

思想之雨冲洗肉体的岩石

冰冷的停顿蓄积力量在黄昏

蜿蜒曲折的流淌串联森林和霄汉

晶莹剔透的夜我什么也不必看见

免得人们的目光打碎星空

等待猫头鹰和梅花鹿经过小溪

仿佛听见了光的歌声绕梁不绝

我在黑色的屋子里徘徊叹息

乡村城市田野高楼被天空打包

飞过地球的繁华瞬间降落

平淡的本能阐释着性与生活

我一直珍惜每天不断减少

时间也不断增加一种垂直的感觉

我凝视大地深处的召唤

黑色的情意使我靠近永恒

在热泪盈眶时闭上眼睛

炽热的泪水足以挖掘坟墓

西风会安葬孤独慈祥的遗体

离开太阳怀孕的初夜

我们在晨曦中扛着铁锨走出葵花地

## 167. 生生不息

——祭周梦蝶先生

既然要飞走了
一切都显得多余
轻盈如雪从中原飞落台湾
把繁华的灰暗梦成圆满
诗和生命的悲哀不着边际
寂静安详地吞吐大荒
孤绝的泪水漫过九十四年
黄河长江永远听得见
你舞动的翅膀不会停止
一直逆风贴着水低低地飞翔

215

## 168. 遥远，握手言和

清晨你们依然升起墙壁

我穿过空洞负荷着

承受生命不息的重量

缝补自己坚硬冰冷的虚无

光明里你们只镶嵌灰暗

规则的心与白云平行在高空

远处山坡上的时光

我携手童年少年青年中年老年

踽踽行走着荒草无枯荣

你们挡不住我自由的颜色

躺在混沌的屋子中睡醒了

风垂直吹来的方向我变成音乐

孤独的温暖重复演奏春天

你们坚持拒我于千里之外

何时才能和幸福握手言和

## 169. 春日修辞

生命始终如一修辞

知识着枷锁

政治经济逻辑社会伦理考古分类统计

历史的陷阱不断挖掘

死亡被拉伸诗的张力引发

本源于无限动静传染

我灵魂的粒子导致

在东方古老的修辞里耻辱卑贱

光亘古包容

时空是我春日的纸鸢

自由着能量里的知觉和印象

跌宕回环高潮不断

你们何以只复苏麻木

在东风里反映痛楚和呻吟

# 依珞的诗

**（5首）**

170. **梦**

——以北之北


之一


我还能跳舞，最后一支，

为着蔓延过来的退化，

和文明。

你说，这是福。

驯鹿追逐清晨的露珠，白色的月光，

和爱着的你。

你是一条河，一棵树，一朵花。

时光呢喃，

神灵托佑的孩子歪着脑袋瓜，

桦树皮太香甜——

是一场关于复活的梦幻。

蝴蝶落了再不能爱谁，

月色盈满就去找你——

悬崖、洞穴、树梢、眉角，

或者一生等你开花。


之二


以北之北的地方，

种着我的爱人，

和我流浪过的足迹。

最后一次听你说神的预约，

所有的归结留给自己做天堂里的沧桑。

鹰落了，黄昏在歌唱。

留干净的风当来世的入口，

一块地里白鹿生长，

画留白的画随水流历经梦想。

火灭了，灯亮了，

你说，再不会响起虔诚的脚步，

呜呜啦啦，

童年的梦种在深夜，

无梦，无痛。

这样老去，

那朵雨后的蘑菇喂养了谁的驯鹿？

219

## 171. 我所失的

如果风吹皱孤荒年月，

所有翅膀张开，爬出缝隙，

再做留存的梦。梦里失名。失明。

我得问：我是谁？

你说，拍照看看。我看见所有风景——

无你。正如我看不见自己。

——我的痴迷，瑟缩，紧张。

以及落在身后的风景。

总是在风景中不断想起，或者

不断忘记。忘记你的温暖，你的笑。

这些都是我缺失已久的。

一直找寻，我找不到。怕你责怪。

责怪我如此粗糙地活着，

这般无可奈何。我不会哭，

你会不会？我亲爱的朋友。

良久，我想你。如五月的水，

冰凉。清晰。看见指纹不断扩散，

你说我怎么让你知道这美，

依珞的诗

安静地疏离,疏离
不知所措以及我的虚伪。
可我怎么让时光原谅我的眼睛,
他不断丢失光芒,喑哑。
沉着。其实我不喜欢。
我愿意那样活着,如我的花,
我的你,我的水草。
水草是蓝色的,妖姬。
这是词。以及日光里的话。所有谎言揭去,
我明白如故。牵你的手,唱我们爱的歌。
这是我所失的,不断折合的幸福。
如你所愿。这是我对自己说过最多的话,
——我得相信它的真,真切。
如肌理不断密集,不断长大。
长大的芦苇,石头,五月以及记忆。
如果记忆不老,(我总常常翻新)
我还有多少原来的情节,
足以续说岁月蹉跎。
你会不会感叹:
我所失呵!

## 172. 小红帽

说多少话可以穿透你的独一无二、铜墙铁壁。
不想用半句话，不想猜你走在哪。
交流用名词，最简单的物——
永恒，守恒。
黑夜包裹光明，学会磊落。
春天过去我一无所有，
青涩的灰尘回到出生的花瓣，
芬芳化作云，那么缥缈而不可追忆。

雪再落多一点儿就埋着你的脚印了，
异化的你。我。不敢说我们的秘密，
我们的不一样。它与世界无关，
与死亡有关，红色的。我只爱红色，
生而为红，妖魅——
我赞美的爱情。

依珞的诗

星星再亮起，树林里你的脚步
又以哪种形态飞奔而来。
款款地等，收起一只狼的样子，
我们闻得到彼此，并在心里种植。
种植多少年月的失忆，
找到你是我一生的秘密。
花开了，你得戴上我的帽子，
那是奶奶坚守的誓言和爱情。

爱情那么简单，总得找到彼此。
用一生的热情等你，找到
未来的岁月和心脏。

### 173. 影 子

红色的睫毛开始生长，
长出月季暗暗的微笑。微笑里
绿色的光芒追索火焰，
负重燃烧。燃烧太阳，六月，
和影子。丢掉呵，
像多余的尾巴，多余的爱意，
多余的我。我喂养
易错的花朵，训诫小心翼翼，
不去读更多的话语，
月光盈满白色的秘密，
多危险呵，深层次地，
磕碎在每一个丰满的黎明，
黎明不浅，静默地
像新生的面孔。微笑。
参透华发渐生，把更多未知
当作火把参照前行。
你不要说我什么傻话，
僵尸开始蹦蹦跳跳，蚂蚁

依珞的诗

又开始新一轮的谋杀。
果子未熟,蝴蝶还在忙碌,
我坚持不伤害更多凶恶的温度。
比赞美太阳更远的延伸开始跌入
深厚的城墙。
城墙里放歌,劳作,呼吸,化为
齑粉。不断哭泣,
精灵们观看更多的旅人匆匆而逝,
人群里寻找更多熟悉的眼眉——
把你当作爱情,当作火把,当作
我所有易逝的美丽。这样
培植更多玫瑰,鲜红的,
蓝色的血液奔涌不息,
在身体里找到更多契合的频率,
一跳一跳。风里的模样开始变老,
红颜萎了,做更多离经叛道的事,
不说祸水,嫁接灾难,承接大雨倾泻——
倒出虚假的安慰,吟喑哑的歌,
关上更多的门,打开窗户,空气透进来
——仅供呼吸。

225

## 174. 一定不能想到的话语

一定不能想到的话语，诸如此类
——穿越千山万水，用拥抱灾难的热情去吻你。
在云与雨的间隙凤凰花开了，
我等你历尽风尘，翻山越岭，
从温柔的国度急转直下，
抛弃矜持，浪漫，尊贵，以及
谦卑的玫瑰。浪子——
浪子这样裹挟着明月行走天涯，
负剑剔除温柔的法度，
听禅音，颂侠义。义无反顾，
苍茫。无与伦比。你说，
我们相似就该有一个殉葬在向阳的坡上，
紧贴六月的火焰燃尽最后一滴泪水。
死之将至，我被困在最后一列车上
拼命哭泣。路灯亮了，太阳灭了，
你知道我只是拼命想站在你的海边，
用夕阳的柔光忘记救赎的意义。

依珞的诗

当霜雪未曾出鞘，飞蛾扑向火焰，
一切油尽灯枯，万籁以其蓝色的血液，
奔向荒原的大路。我用走过的三千里黄沙，
换你两千八百米温柔的长度。
当燕子归巢，衔泥，（我不投毒）修筑房屋，
给它长信，带去比远方更远的地方。
你在那里唱歌，写诗，吃老之将至的艺术。
我们不见面，不谈话，不思念，
用日复一日的决绝冲下悬崖，
树林亮起来，布谷鸟飞了，喜鹊还在侵占别人的巢穴。
抛弃家园吧，就像抛弃我，我的玫瑰，
让它开在别人的眼中，变成七月将至的枯萎。
你说，鲜花，河水，泥土。
我只是爱更多的温度，如火炉，孩子，七月，
风化的巨石。我在风后饮酒，
赞美巨石的伤痕累累，就像赞美伤疤，
遗忘，抛弃和不留心的岁月。
诸如此类，此类话语让更多黄昏痛不欲生，
更多朝朝暮暮从梦魇里苏醒，
浓雾爬下山腰，浩浩荡荡奔驰在蓝山绿水之间，
在同样的时间，有人生，有人亡。
（我不拒绝说死亡将至）我还在路上，
我还在奔向你，穿过篱笆门，玻璃的眼睛
和鱼的记忆去赴你一面之约。
——你有多美，你有多远。
磨破更多悲天悯人的恋歌，

227

让苍凉的音韵从骨子里纷纷流出，

举杯邀明月的梦里让爱与恨同生共死，

我们毁容吧，让记忆在疼痛里重生，

让未知的迷途添更多羔羊。这样，

安知天命的苦，给笃信神灵的人更多存在的勇气。

勇气呵，月季未衰，容颜未老，

生命的灯光空有惆怅。

我用一百句的诗行怀念记忆的裂片，

用一百零一句的话怀疑明天的伤疤，

用九十或者更少一点的时间找到存在的原因，

阳光的碎末击中谦恭的灵魂，

你还在路上，我被困在车里听闻我的玫瑰和蔷薇，

她们嗜血，爱夜色，将灯光比作比太阳更大的光亮，

（这让我觉得悲哀）思念我。我温柔的耳语赠予其装点的绝技——

拼命寻求庇护，如同我拼命哭泣，如同大象装点了神灵的袍装。

就这样了，我开始在此歇脚，

卸下脚手架上厚厚的行李，

打开年久失修的爱情，

——躺下来。别说话，明天还远，

盗墓的人早已启程，我没墓可盗，

我的墓早已背在身上，镌刻些欺世盗名的话，

说什么爱，哲学，意义和备遭冷落的情谊。

你采桑葚，像血留在指缝里渗进更深的皮肤，

皮肤不老，纹脉清晰——

借此遮阳，含羞，呼吸和触碰死亡。

我们将并排而坐，说些遥远古朴的话和幻灭的灯光，

228

依珞的诗

粗暴的孩子打翻茶杯，你说，给你玩吧，
十里红妆，叶片逃过夏日的荒凉直奔冬天，
我们的孩子是午夜蹦跳的花朵，
他说他是精灵，不食烟火，不近肮脏的灵魂，
我的玩具被雨淋湿了，将你所爱赠予我，
我用长句短句的悲苦描摹被时间篡改的痕迹。
可是我不能想起这样的故事，这些真实的话语，
就让彼岸花给予土地带血的印记，
温柔将至的日子，让我心甘情愿沉入海底。
做轮回里最傻的动物，
做最无可救药的事。

229

# 北窗的诗

（4首）

## 175. 别走进我的盒子里

别走进我的盒子里

里面什么也没有

没有沙发，没有床

也没有替你怀恋的老照片

我坐在这土地里

黑色的土地也让我肥沃起来

这样也好，就让我的名字

躺在这木头里

因为我知道，夜里偷东西的人

不会把我的鞋子

从鲜花中，悄悄穿走

230

176. **妄想症**

角落的饮水机里
流出一滴血
到我的杯子里冒着热气
在所有的罪人里
我是罪魁祸首
我的鞋子里，装满了错误
袜子也染成了黑色
我的日子就睡在我的旁边
黑夜不黑，白天不亮
就躺在这杯子里吧
想那些从八月到十月
黎明的深水
淹到我脖子的故事

## 177. 活 着（读戈麦）

黄昏的河，尖顶的塔

以及黑夜中瘸腿的月亮

不可能同时让你遇到

发霉的面包，被扔在陈旧的窗里

只要黑夜不死

你便能在黄色的土地中

种下你的眼睛

我不敢描述这样一种生活

（或者说生存？）

在碗里出生时

你带着啼哭

在碗里死亡时别人又哭

只是让那些活着的人唏嘘

端坐在一根巨大的针上读你

178. 孤独的一字先生

我爱的杯子们

在一个阳光甚好的下午

集体出走了

它们的内脏在烈日下崩塌

而烈日却在一根根绷带里

像极了你

像你把头埋进炙热的空气

也像你的手指，挑起湛蓝色的大衣

然而你知道，我一无所有

如同躺在沙漠里的鱼

咸鱼翻身却仍是咸鱼

可我还是决定去那个

未知的领域里，找你

这与喜马拉雅

或者乞力马扎罗

无关

与一头出现在路上的野兽

无关

我就这样怀着揣测一路走下去

我知道，在遇到你之前

也会遇到

与你无关的，我自己

# 阿野的诗
（4首）

## 179. 荷花与酒

我说　想去看荷花
你却　要请我喝酒

我听着鸟语咿呀
想湖畔绿颜色的柳
答应了　你约我喝酒

一碧如洗　白云不聚
我却等金阳褪色　夜幕垂临
透过升腾气泡的液体
看滤镜下扭曲的灯红
我不会喝酒　却拉住你
再没有凭栏的晚风　不见清荷
只有你双手
送上的迷离　与酒

## 180. 致舞阳河

摇舴艋一叶

我拂过清婉的舞阳

石屏为倚

醉若流霞

我小心地

静默悄然

不碰碎绰绰的灯影

不扰醒少女的甜梦

除却痴守归人的灯笼

萤虫也停在青石歇息

笙箫不语

蛐鸣成歌

温夜的风缠着柔柳厮磨

舞阳敛下眸笑得轻颤

我收起桨欲捞一颗北斗

月牙的影子却乱了

181. **再见飞鸟**

夏是一个体态婀娜的舞女
被窗框装裱起来　挂在楼宇
供人赏目歌颂
夏不是一个谄媚的舞女
人把她囚禁在眼里
人把自己囚禁在笼子里

人是绝顶聪明的
建钢筋水泥以便把自己
围得寸步难行
每个人都套着铁笼神色匆匆
偶尔暇余　不忘攀比
瞧　我的笼子比你精致嘿!

我曾是与夏为伴的孩童
我懂得她所有的灿烂
我曾是与飞鸟通心的战士
穿梭于明媚的白云间
披荆斩棘

直到一个夏夜
我躺在原野上眯起眼
分不清流萤还是星的斑斓
我想去拯救人！夏不语
岩之巅的孤狼对月长嗥
我读不懂银色的苍凉的送别

混凝土是黑洞般的巨大磁场
利剑是钢铁铸成
我曾是战士
今天却因负债与眼神监禁
为自己锻造铁笼　插翅难逃
笼外是一院蔷薇的馥郁
用黑格子雕饰成　精致油画

再见月夜
再见长啸的孤傲的苍狼
告诉债主和这个标本世界
我就来了
再见斑驳如虹的夏
再见飞鸟
甘愿镣铐　何来远方

## 182. 南京南京

残阳映着黄土

浸上一层血色

广袤无垠的原野啊

要多少颅骨高低填补

才能平展这大地

直冲云霄的砖囱啊

熔炉冒出的黑烟

那是灵魂的挣离

弥漫开脂油的焦糊

笼盖苍穹

今天我于废墟　久久伫立

枯枝还回响嘶喊

脚底每颗沙粒却柔软

匕首自腰间出鞘

我却闻得一声叹息

石缝中一株绿苗钻出

目光好奇而坚定

越过伏地的马　深邃的蓝

望向东方

望向红日升起的　东方

238

# 严欢的诗

（3首）

183. 和

太阳在山脉的脊背上行走
留下一片又一片
柔软的草地
山脉也一直将太阳送到大地的尽头

青草随山脉一同延伸
于是，在山脉的头上
便佩戴了一抹羊群
和牧羊人的笛声

羊蹄在夜晚踏碎笛声
踏出一条下山的路
而此时另一边
家的炊烟早已将月亮拥抱

## 184. 入 夜

### 之一

有时候天气好得让你
不知该干什么才好
当你看到
一束阳光早已悄悄钻进窗子
懒懒躺在沙发上
干什么好呢
把鱼缸抬到阳台
装满满一缸夕阳

### 之二

夕阳是夜的一只
发烫的触手
往山后面轻轻一敲
所有的灯,开了

240

狂欢的诗

之三

我在窗前坐着
夜色流成一条河
好多发光的鱼
离我而去

之四

昨晚的月亮嫁给了
一个禁欲主义者
午夜独自在窗前假寐
偷窥未曾熟睡的少年
她的寂寞
照亮他的房间

之五

比夜晚还深
比梦境还远
比你更真实
比我更虚幻
比哀愁可怕
比哭泣可笑
比明天更无法避免

## 185. 一棵树的天气

之一

一棵树的天气
阴沉，夜晚渐深的时候
秋天也顺势脱落
那些无根的雨被屋顶拒绝
吊在空中
风吹过来，摇摇晃晃

之二

她在窗前坐着，她很悲伤
窗外正下着雨
有一些灯光
淡淡地开在夜里
有一些故事在灯光里淡淡地凋谢
她在窗前坐着，她很悲伤
她的眼睛淋了雨

242

# 饕餮的诗

（3首）

186. ## 忆秦娥

秋雨歇，
螳川流尽胭脂血。
胭脂血，
淡烟慢拢，
远山轻别。

梦中但闻箫声咽，
离人尽负边关雪。
边关雪，
月凉如水，
相思千结。

243

## 187. 九月某日清晨和午后的梦

鸡鸣三声

大地睁开睡眼

稻子惺忪，等待收割

留下来吧，你说

孤悬天际的云朵

在大地投下巨大的斑点

忽明忽暗

月上柳梢

山川陷入睡眠

牛羊归圈，反刍日光

带我走吧，你说

对旷野燃烧的篝火

吞咽一口盐水,蹿出醉汉般的火苗

闪烁其言

我是在夜晚赶路的风

是清晨被母亲叫醒的梦

我赤足奔跑

来自山野,也归于山野

我沿途手植梧桐

等待血液燃烧生出凤凰

生出无名山上野火般的夕阳

你是我胸口乱撞的小鹿

是我曾经剖开胸膛

遗落在外的肋骨

## 188. 我在深夜出走

我在深夜出走

赤裸面对星空

世界在身后

人们也在身后

我走过森林

看到树王轰然倒塌

横卧成易朽的长城

大地留下丑陋的伤疤

呜咽着没人能懂的语言

我走过大漠

砾石割伤脚掌

鲜血蒸发成红色的太阳

古老的城在风中睡去

呜咽着没人能懂的语言

我走过南方

听到南太平洋的风

像上紧发条的钟

吹过重复的四季

呜咽着没人能懂的语言

我走过高山

踏没膝的积雪

寻找麋鹿头上燃烧的火焰

山神吻过锈蚀的捕兽夹

呜咽着没人能懂的语言

最终我留在这绵绵的雨水中

灵魂挂在塔尖被打湿

异教徒不言不语，身体蜷缩进黑色的袍子

每一朵鲜花旁都燃烧一堆篝火

火焰跳动，像盲目的血

人们不言不语，梦游般走进火中

发出栗子爆裂的声音

而我，早已睡去

赤身裸体，伴着芭蕉叶上狐仙的歌唱

和整个世界的鼾声

呜咽着没人能懂的语言

张顺的诗
（3首）

### 189. 楼与楼的爱情

夜空里，一座楼高高的，
站进了万家灯火，
长长的地铁，
从高架桥上缓缓驶过。

另一栋楼，
站在孤零零的街灯边，
亮灯的车流来往如梭，
却无人理会，沉默的它，却记挂着，
有地铁驶远的那座。

## 190. 立 夏

夜星，寥落，
街道，空旷，
路灯昏暗，
青草长长。
人们正消失在沉睡里，
城市变成平坦的星原。
这孤独的旅者，
执辔缓缓而行，
柏油路慢慢地变成土路，
一行街灯正被黑暗，
吞食殆尽。
马蹄嘚嘚中，
飞机的夜航灯徐去如星。
抬眼看时，
黑暗正欲占领一切，
青草长长，
灯去如星。

## 191. 铁皮青蛙

突然记起，
桐树下的土墙根，
那个二十五年前的垃圾堆里。
沤燃的稻草冒着烟，
砖石与瓦块中间，
半掩着，
一只绿色的铁皮青蛙。

用脏手兴奋地掏出，把玩，
拧转生锈的发条。
从鼓鼓的眼睛与嘴巴里，
发出咔嗒咔嗒的叫声。
放在屋檐下的水泥地上，
它还轻轻地蹦啊蹦的。

现在，偶尔，
它还鼓着眼睛一蹦一蹦的，
带着儿时最大的惊喜，
蹦跳进我的梦中。

# 林沐的诗

（3首）

192. 风在雨里行走

风在雨里行走
接不住雪
也接不住雨
只能走了
始终会散的
明天　大概是昨天
散成碎末的骨灰
挤在落叶的脉络里

## 193. 让莲花瘦成一粒星尘

把你的背影剪下一角

贴在肋骨的左上方

其实我不怀念

没有下雨的季节

手指在河边枯萎

歪斜的残阳眷恋沉睡的莲花

下一场雨

把灰尘统统洗去

久违的幻觉便要浮现出来

被折成夜莺的蝴蝶

它的触角总是沿着我的掌纹划动

前年为它种下的树

今年就要把它种在树下

我暗自思索

下一场雨

会否把枯叶统统洗去

而瘫痪的黄昏

会否把月亮吞食

让莲花瘦成一粒星尘

## 194. 夏日倒一杯酒

夏日倒一杯酒

把冬天的雪浇化

让初春的风走开

我要投入深秋的荷塘

那里有破碎的月光

健忘的鱼

折断的荷枝

他们不会发现

惊觉我的呼吸

我的骨头和血肉

来年　会有高出水面的花

务必把我藏在最高处

我要看见

远处的歌者

# 扔禾的诗

（3首）

195. **当你老了**

烧一盆火

开始今天的瞌睡

老人做的事情

很容易学会

等手夹的烟烧到手指

等衣襟上打湿了口水

谁来喊醒我

再叫我老鬼

196. **白日梦**

走了这么远
还没看到村舍
我踏上这趟车
只是喜欢它的颜色
不是为了躲避
湍急的河

路边的人
还没看清他们的脸
就从眼前离开了
希望你们能拾到
我撕下的画册

我看过的山和大海
沙漠与沼泽

我不会画画
也许很难猜测
总有这样的人吧
看到眼前飞逝的车
说，这人在寻找什么

197. 旅

我的老马
只驮得起书匣
它像一座老屋
小心地驮着青瓦

我们都很无趣
我和我的老马
走在路上不会忽然地
撒欢,或者长嘶
不会惊着一个
采桑的她

那些冗长的小路
是冗长的缰绳
不知要把我们带到哪
回去的路你记得吗
我的老马

咪
管他
天涯

# 小河的诗

（3首）

198. 意　外

看不见你眼里噙着的泪水
正如没望穿心里的沙漠
想躲过生冷的石墙
却给你一堵侧身的长城
想把柔软的故事讲给你听
吐出笨拙的谎言
伸出抚慰的臂
磨好的石剑割断了你衣襟

## 199. 黑色故事

压扁蚂蚁后

他从水泥地上站起来

不回头往家的方向走去

夕阳映在身上

勾勒出红色的轮廓

路边秧苗随着风摇晃

远处伫立着一个高大的身影

发出故作低沉的声音

他把手伸到袋子里

掏出一枚硬币

身影走远了

他捡起石头扔往田野

落地时传来一声叹息

站在桥栏边

他看着河水起了波纹

远去的影子仿佛走回到他身体

口袋里那枚硬币又出现

秧苗的拂动声停了

红色轮廓褪去

一只扁平的巨型蚂蚁压在他身上

他想起买油炸年糕

蹒跚着走到路口

掏出一枚硬币

小河的诗

200. **寻 找**

半颗心掉落到地上

还剩半颗在沉默地赌气

他蹲下去摸

捡到一只柔软的耳朵

里面有海浪声

又发现一只幽深的鼻子

吹来森林里野蛮的气息

还有 一道眯着的眼睛

闪着月亮下露水的光

温暖的唇

刚离开地面就吐了下舌头

上面有隐约的炭焰

他摸到许多奇怪的器官

地面在举行纪念演出

半颗心在角落里

握着弄皱了的门票

雪湖飞衫的诗

（2首）

## 201. 一首诗，慢慢老着

草木一生，

开几次花，坐几回果

鸟兽一生

寻几个伴，与子成说


一首诗，对于一辈子

是否太奢侈了

所以我在诗里藏曲

曲里藏一个传说

260

雪湖飞衫的诗

一个秘密　开在传说里
有根无叶，无花有果
世世代代的人
猜来猜去　遍寻它不得

会有一人
从时间的河流里
抽出一支竹笛
身披晚霞　对落日吹曲

不就是那首你我的歌吗
那笛声里　有一个我
安然地合着眼
慢慢老着

202. 第七颗门牙

第七颗门牙丢了
它走时一点不疼，
我在熟睡，
醒来这里多了个景儿

我之前笑声晶莹
震得碎冰凌和伤痛
之后多了管风琴特有的鸣响
第七颗牙走时又小又透明
现在一定长大了吧

阴雨天　洞里一丝丝凉
提醒我　它一定涉过很多路程
我要保持微笑，
好让它找到回来的路

262

# 清明的诗

（2首）

203. 夜

修长的手指
突出瘦削的锁骨
无尽的黑夜和沉寂
失眠闹钟的蜂鸣
眼珠干涩的痛楚
温柔沙哑的嗓音

胡椒铃兰肉桂和卡他夫没药
随后便是龙涎香和娇嫩的蔷薇
浓郁又极端
不眠却又亢奋
有着红宝石般闪耀迷人的幻象

你是无尽的深夜
是静默千万年的宇宙爆发
是开始
又是结束

## 204. 关于昨晚我梦到的

细数那些梦里的碎片

在清晨绽放开来

犹如番红花汁般的艳丽颜色

混杂着人类特有音色

在空气中搅拌开来


而后翻涌回旋

又归于无声的安宁


精巧的碎片被以此为食的精灵拾起拼凑

细心摆放好而后一口吞噬

融入体肤骨血

在冰冷的躯体中炸开

清明的诗

下午三时的光笼罩般

温暖安详


长期深居在幽暗森林的精怪

墨绿松针繁茂葱郁遮天蔽日

没有流溪

没有鸟鸣

只有傍晚暮色将近

为所欲为者才会降临

把会结出闪着荧光的种子洒落

在深夜里明亮而又炽热地肆虐疯长

行失的诗
（2首）

205. 一面玻璃

暴雨后的夜空,城市的繁华终于熄灭

打火机点燃了无尽的寂寞

如山般寂静的空响弥漫在远方

你如那烟尘,我吞吐着

吞吐着一种叫作瘾的东西

不是诗歌,不再是诗人

漫步的前程都漂浮在雾霭里面了

心终于不再跳动

不再热情如火

只是岁月依旧如歌

与我惨笑着的凌晨如此格格不入

行走的诗

终于没人再嘲笑不堪的我
因为整个世界都不过是一个梦
大家都不曾醒觉
所以那些不经意的不羁与放纵都显得如此弥足珍贵
星星躲在云里面
是的,我知道云里面睡着无数的星星
甜美的梦遮掩了所有的梦魇
只有寂静的玻璃在观赏着美丽的夜
有个人在镜子的另一边
有人说镜子里是另外一个世界
玻璃却惨笑着盯着某个位置早已删除的照片
终不发一言

## 206. 无 题

我突然好想为你写歌　不为什么

也没什么值不值得

想到城堡

其实每个人都很骄傲

梦里葬着多少

我们都无法知道

天涯　明月　老

椤木　泊舟　遥

笑过许知恨少

去路迢迢

陌上回眸

烟　树　草

过去是一座囚牢

出不来也进不去

地方很小　只能放一个拥抱

如此

我关上门去嘲笑那个薄凉的自己

而你是天上的那片云儿

268

行走的诗

我打着伞　遍寻不到
静静的雨锁住围栏
锁住那个过往的我
而当这一个夜幕降临
车水如龙
我还是要自己走出那　间或打开的闸子
风侵蚀着战栗的身躯，深入骨髓
而你都不会明了了
只如那一旁站着的树儿
只是站着
看，或不看我
而我出奇地沉默
不去解释一切的荒唐与残忍
我想　我该接受这样自私的自己
唯有这样
我才决不会去背叛任何一个
临幸的黎明

# 白若的诗

（2首）

207. ## 朝露曦景

风的游走

惊了长夜的心

月光石，藏了

珍珠星，收起

举高灯火提防


一颗露珠

毫不掩饰心镜

挂在叶片之上

把一个世界

呈现成了两个


一只蜻蜓醒来

见自己困身露珠

振翅欲要挣脱

一个世界破裂时

它还在另一世界

270

208. 把思念赋予天地，
这是最后的孤独

我带着牛羊去欢送草场的吻别
就像带着自己的眼睛和心情
一遍遍辞别亲人和岁月的河
某一天，我将看不到这许多不舍
像是枯树再看不到绿衣裳加持
触摸不到雨水经过自己的根系
只得闻，天上会塞满人言人语
只得见，白云的世界会浮现生趣
像是纯粹的幸福一直驻守着天街
这却是一个来了要准备离开的所在
我落魄在伤痕累累的大地之间
发梦一样，品读这份眷恋的苦况
那却是一方舍了要准备聚首的天国
我徘徊在她的下方触痛了心灵
发病一般，揪扯那份牵绊的孤独

271

# 几许的诗

（1首）

## 209. 影的自白

路灯

是夜行者的情人

柔和的光

亲吻沉默的睫毛

拖沓的皮鞋

延伸出

无尽的路


不远处

有同道的旅人

和疲倦的漂泊者

在升起的篝火前
　歇脚　取暖
你想说点什么
　贪婪的火舌
已卷走半生的故事

　最后一点星火
　跳到你的脚上
　路灯眨了眨眼
　白昼拥抱了黑夜
我成了你的影子

273

# 果果的诗

（1首）

## 210. 亭 亭

簌簌

在那之前

亭亭如盖

要分别了不是吗

舒展　拔节

顾忌什么

谷雨不在

柔软走吧

浸润一叶天真

合时宜吗

娇憨卸了吧

274

果果的诗

清扬的忸怩

撩动谁呢

不要说话

韶华倾负

六月　炽烈　焦躁的雷电

你们都来

我亦是我

春日？那就告别

长此以往

勿复相思

## 211. 帽子与椅子的对话

触动

撕裂

感觉到了光撕开了口子，黑夜痛了

始终是欢快地绝望着

像是宿命，刺眼的温暖

抑或是不醒，必须承受的寒凉

想起了荒芜里的那盏灯

又忘了光明中的那身黑影

黑色的背景下它是橘色的

懒云的诗

纵使黑白无光
亦无色
即空无
也包含了所有的颜色和光芒
终，又一首诗
黑白了结了所有温度
你说蓝色是温暖的
在寒风里颤抖的却是荒野里的那盏灯
橘色或蓝色
已不必辨识

# 白衣飘飘的诗

（1首）

## 212. 我沉醉在你温柔的泥沼

春阳将落

我

却仍在你的窗外

徘徊，徘徊

长风灌满

我之素色长袍

你

探身而出，眼波浩渺

278

柔情地扬起嘴角

于是，我便把

这份蜜意引为酒曲

让其在此和风中发酵

酿一坛醇美芬芳的春醪

你我共酌

待到夜色缭绕

与子合卺同牢

且歌

且行

且酣

且醉

噢，我沉醉在

你温柔的泥沼

# 和风的诗

（1首）

### 213. 一米阳光

不会奢望太多，
只需要一米阳光，
透过发梢，
照进心的彼端。

不会奢望太多，
只需要一点感动，
把那些长途跋涉的故事，
圆满。

和风的诗

我的目光不会跑得太远，
只在前方三尺之内，
守望夕阳的向晚。

我的耳朵不会跑得太远，
只在身侧三尺之内，
聆听清风的呢喃。

一米阳光，
带来柔和的温暖，
简单了距离，
深刻了风景。

# 龙小羊的诗

（1首）

214. **土 地**

播种，耕耘

抹上春的气息

在她的衣服里捂满果实


建造房屋

薄雾赶走夕阳

一对赤裸的身体互相招摇

龙小羊的诗

空地
杂草落地生根

这片旷野
多么适合用血液去灌溉
去交换——
清澈的身体
整洁的灵魂

# 小猫的诗

（1首）

### 215. 安魂记

夜晚你跟随着红色长裙的姑母

穿过积木玩具层层叠叠的泥土

曲折的小径指引通向

破碎的铁丝联络洞开

踏进去是一座庄园房舍风景

两面墙拼凑地基海一般绿的湖水

渐次铺引成沥青道路节节生长

奔跑时你感到被食指轻叩的脊柱

盯着它的乌云没有声音

耽溺拼命呼喊姑母

她却越发急促走向急切的坟墓

小
猫
的
诗

缠绕的千百条蛇阻拦被蜿蜒抖开
拱身紧追你反向
追不到树上的红苹果树
环绕满地某种蓝色雏菊不可
被阻挡生长白花瓣涨满向上
茎叶支撑耗尽了全部行星
它们使你失去营养
无法求助背叛你着红裙的妇人
恐惧不再是乌云消散的幻觉
玻璃窗外鸣笛声你
见到凌晨第一半圆月
东落之后所有太阳都在缓缓跳跃
怀里仅剩一只背包装满荒草在
融入远山的波浪棱角背影
清醒而起伏地静止

# 刘怡君的诗

### （1首）

216. **鏖 战**

你在遥远的河边耕作

自给自足

你不会知道

或者隐约知道

另一条河边

还有一个声音

他为了一场战争耕作

仅仅是一场战争

刘怡君的诗

他听见生死的刀枪和脚步遁风驶来
碾破形单影只的眼神
割下头颅双手奉上
汩汩温暖的血液
最是柔情

你在远方耕作
不会知道
或隐约知道有一场战争的主角是你
有个人正在叩拜死亡
他的世界爬满了隆冬的宁静

# 石头的诗

（1首）

## 217. 荒废的你

你　已荒废许久

如同一座老宅

在孤独与忧伤中

触摸生命的存在


走出去吧

感受不一样的生命

石块和黄土铺展的道路

是血脉的伸延

伸展向远方

远方的蔚蓝

288

石头的诗

烈日当空
影子缩成卑微的一点
躲在脚下
这块荒芜的躯体
布满汗腺的土地
是沉默许久的欢喜
喜极而泣
泪流不止
一颗一颗滴落大地
滋养
荒废许久的你

# 邓纸寄的诗
（1首）

## 218. 流　言

在霓虹破碎的高架上
你我背道而驰
热闹是你的习惯
而我
选择沉默

有一种力量是以正义为借口
以人类的文明——语言
为利器
直戳卑微无力的人的心肺
每一个孤独、无争的灵魂都是受害者

盗匪冒充虔诚的摆渡人
驶着利欲之船把人送入冰冷的深渊
信任
被其如果皮般弃掷

我只能静观这一切的发生
还有你谈论这是非时飞扬的神情

我也看过很多种马戏
但只此一种最为精彩
最为冷漠

我没有难过
因为我也是观赏这幕喜剧的其中一个
我没有笑
或许只是我不够幽默

还是让我继续独行吧
人声让我觉得逼仄

这世间有多少骇人听闻的话题
都是令人失望的流言

涂恶的诗
（1首）

219. 何 来

假如阳光逗留于我手里的是诗句
那么我的背面就是阴暗的方向
让多情者多情，感伤者感伤
而为何他仍然为我创建另一面的诗句

是的　他如此神奇
将我霾一样的哀愁清洗一净
看到它的颜色与根源　再
摧毁得灰飞烟灭

风吹走手里的帽子
但是我追不上风

不再令我费解了
不过是河流的一次拐弯
一场风云的突变
蚁穴的一次溃灭

生命仍有许多理应被赞美的事物
比如,满池的荷花
它们盈满,像是多少人放大多少倍的喜悦
而我匆匆经过就忍不住张开双手
任无法形容的那些恣肆存在
将可悲的狠狠踩在脚下

# 刘志斋的诗
（1首）

220. **我的大学**

握手

在

六月雨后寻找猫头鹰和屋顶

土地浮在云层下端

只有蝴蝶散乱的

清晨

葱郁的十月带走信箱

盘子零落

对，那是水杯

桌子的手指

# 阿烂的诗

（1首）

221. **车**

天擦黑时
我们被蒙着眼带上车
耳边是撞击心脏的轰隆

一定要赶这趟夜路吗
一定要昼夜奔走不休吗

你且看看吧
一只手轻轻拨开我的蒙布

夜色深沉
外面下雨了　我蒙上眼
淅淅沥沥淅淅沥沥淅淅沥沥
下车的时候一定要叫醒我

咸鱼的诗

（1首）

222. 谣言

我深知最热烈的夏天尚未降临

却因为惧怕而退缩

大雨把马路变成了玻璃梦

无论路人如何小心翼翼

脚下总会血迹斑斑

烈日把空气变成了荆棘网

无论路人如何镇静自若

皮肤也被时间划破

土壤里藏满了炸药

空气里凝结着冰条

玫瑰园里全是毒药

快跑快跑

世界还在噩梦里蒸发翻炒

296

# 众筹鸣谢

## 个　人

何宸康　　江　洲　　陆　艺　　彭　涛
陶锡忠　　陶欣红　　王晓文　　徐世群
章　华　　赵　起　　朱红兰

## 企　业

八方机械制造　　　金点文化艺术传媒
嘉美厨具　　　　　乐美日用品
骆驼九龙砖茶　　　寿仙谷药业
特盛网络科技　　　万寿康生物科技
乡雨茶叶　　　　　引力纺织机械
云腾科技